上外全球报道成果系列

上海市卓越新闻传播学（国际型）人才培养基地项目
上海市研究生教育创新计划上海外国语大学新闻传播学学位点引导布局与建设培育项目
教育部"十二五"国家级媒体融合实验教学中心项目

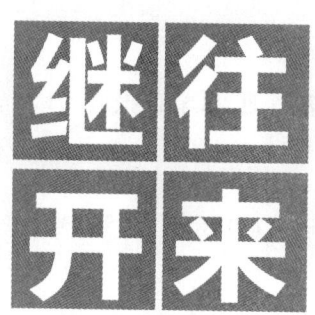

——上海外国语大学多语种全球报道2016美国项目实践

SISU's Experimental Practice of Multilingual Omnimedia Global Reporting Programme

邓惟佳　姜智彬　主编

吉林大学出版社

图书在版编目（CIP）数据

继往开来：上海外国语大学多语种全球报道 2016 美国项目实践 / 邓惟佳，姜智彬主编 .—长春：吉林大学出版社，2018.10

ISBN 978-7-5692-3456-5

Ⅰ.①继… Ⅱ.①邓… ②姜… Ⅲ.①新闻报道－作品集－中国－当代 Ⅳ.① I253

中国版本图书馆 CIP 数据核字 (2018) 第 234560 号

书　　名	继往开来：上海外国语大学多语种全球报道 2016 美国项目实践
著　　者	邓惟佳　姜智彬　主编
策划编辑	李承章
责任编辑	安　斌
责任校对	赵雪君
装帧设计	罗　雯
出版发行	吉林大学出版社
社　　址	长春市人民大街 4059 号
邮政编码	130021
发行电话	0431-89580028/29/21
网　　址	http://www.jlup.com.cn
邮　　箱	jdcbs@jlu.edu.cn
印　　刷	北京市金星印务有限公司
开　　本	787mm×1092mm　1/16
印　　张	14.5
字　　数	260 千字
版　　次	2019 年 1 月第 1 版
印　　次	2019 年 1 月第 1 次
书　　号	ISBN 978-7-5692-3456-5
定　　价	52.00 元

版权所有，翻版必究

目录 Contents

课程及项目介绍……………………………… **001**

项目成果展示………………………………… **017**

团队成员札记………………………………… **175**

课程及项目介绍

八年砥砺格高志远　国际舞台再放光芒
——上外全球重大事件多语种全媒体报道团"2016美国报道项目"介绍

历经八年砥砺成长，上海外国语大学全球重大事件多语种全媒体报道团于2016年10月28日至11月15日以全新阵容再次出发，由上海外国语大学两位老师带队，资深媒体人、原凤凰卫视言论部总监曹景行老师担任全程指导总监，史上人数最众、语种最多、培训时间最长的"2016美国交流报道项目"的20位优秀上外学子赴美国进行了文化交流与全媒体报道活动。期间报道团经历了美国白宫万圣节特别活动、美国大选、美国老兵日等重大美国社会事件，到访了中国驻美大使馆、中国驻纽约总领馆、联合国总部等重要机构，也参观了国内外顶尖媒体，全程兼顾极强的教育性与实践性，内容跨越中美外交、美国选举制度、美国大学文化、美国媒体与政治等多个方面。

本次赴美报道团的成员均通过了两轮选拔最终脱颖而出（项目招聘公告详见附件1）。临行前一年校方便在全校公开招聘选拔，经过简历、笔试、面试的筛选后，初步选拔出报道团的候选名单，开始进行为期一学期的培训，在学期末结合培训中的文字与出镜等作品质量、上课表现以及期末总结报告进行了又一轮筛选，最终确认了20人的团队名单，包括研究生4名、本科生16名，囊括多个学院和专业。

临行前的这个学期，指导老师为报道团成员组织安排了多次密集实训。包括：新闻直播出镜的实况操练；邀请到SMG（上海东方传媒集团）国际部资深编辑章一叶、施远立为报道团成员深度解读美国政治与社会文化；邀请到上海外国语大学新闻传播学院的周嘉文老师为同学们传授新媒体报道与传播的方式和技巧；全程指导总监曹景行老师与报道团成员多次座谈，反复探讨针对美国大选的报道角度与选题。系统的培训与实操练习让报道团成员在出发前对美国经济、社会、政治制度各方面有了一定的认识，对多语种的文字与电视新闻制作方法和技巧有了过硬的基础，并对自己的选题与分工都有了清晰的定位，为高质量的赴美交流报道做好了充分准备。

与此同时，指导老师也带领报道团成员对行程做好了详尽的安排规划，并针对赴美期间的安全事项与同学们做了多次沟通与指导。（团队规章详见附件 2）

政治心脏·华盛顿

美国东部时间 10 月 29 日上午，几经辗转之后报道团抵达华盛顿。多次转机丝毫没有影响报道团高昂的情绪，成员们在机场便已展开了针对即将到来的美国大选的随机采访、书店探访等一系列报道活动。一到华盛顿，顾不上休整，成员们便踏出了美国交流报道征程的第一步，来到特朗普亚裔支持者动员大会进行观摩与报道。与美国重大政治事件的近距离接触让报道团成员感受到各族裔不同观点与视角的碰撞，分别对越南裔、韩国裔等亚裔特朗普支持者进行了采访，体会到一场选举会从多少个角度牵扯到多少群体的不同利益。以及之后对全美犹太人委员会的访问报道，更让报道团成员对美国另一少数族裔有了更深入的了解。

万圣节当天，报道团成员又赴华盛顿街头、白宫门口，对白宫的万圣节特别活动进行报道。这是奥巴马夫妇坐镇白宫、为小朋友们分发糖果的最后一个万圣节，因此也具有政治和文化双重重大意义。视频、图文、双语等多种报道形式相继推出，充分体现了此次报道团多语种、全媒体的特点。

此外在华盛顿期间，报道团成员还到访了央视北美分部，与成员们的偶像首席驻美记者王冠进行了交流讨论；在 SMG 美国新闻中心运营总监任美星老师的带领下参观了 SMG 美国新闻中心的新办公室；有幸造访中国驻美国大使馆并得到新闻参赞方虹女士的热情接待；参观美国国会、林肯纪念堂、美国国家航空航天博物馆等地并进行了系列报道，报道团成员甚至连街边小吃、流浪艺人、街头菜市场都可以抓到亮点并形成生动有趣的多语种报道，此行报道团成员的主动性与热情空前高涨。

大选印象·宾州

在宾州的行程围绕着两个词：大学，大选。在宾州州立大学生活、学习、报道的几天里报道团成员充分感受了美国大学校园文化。从与正在宾州州立大学读博的资深记者闾丘露薇老师的座谈，到旁听国际关系学院 Flynt Leverett 教授对美国中东政策研究的课程、传播学院的 Russ Eshleman 教授为报道团进行的 2016 年美国大选概况的专场授课，再到参观宾州州立大学校报、校电视台，与宾州州立大学同学们深入交流，都让报道团成员对美国媒体运作、美国社会多元化结构、美国大选模式有了进一步认知。11 月 5 日，报道团成员还亲临了一场美国大学的体育狂欢——美国大学生橄榄球联赛（NCAAF）第 9 轮的一场比赛，由宾州州立大学主场迎战爱荷华大学，在体验了美国文化不可或缺的组成部分——橄榄球文化，之后还进行了视频与图文多媒体的体育新闻报道。

　　11月8日美国大选投票日当天，报道团成员迎来此行最重要的任务与挑战之一，以现场连线的方式进行投票日报道。两位主播坐镇宾州州立大学校电视台演播室，分别以中文和英文进行新闻播报、连线现场记者；其他报道团成员兵分六路，每组均由一名出镜记者、一名文字记者和一名技术人员组成，清晨六点便开始分别赶往六个投票站，进行实地实时的现场投票情况报道，且六组现场报道分别囊括了中文、英语、德语、日语、西班牙语、阿拉伯语六个语种，刷新了报道团的多语种报道纪录。现场连线报道地点包括学生中心、教堂、退休人员中心、市政厅等多个投票站，覆盖了不同年龄、不同阶层的选民，为报道团的大选报道提供了全面、多样的视角。

媒体之都·纽约

报道团此行最后一站来到了世界媒体之都纽约,在 SMG 美国新闻中心运营总监任美星老师的热情安排下,报道团有机会参观了纸媒和电视媒体的两大行业标杆式媒体——*FT Times*(金融时报)的编辑部和 ABC 电视台的王牌节目 *Good Morning America*(早安美国)的直播现场。亲眼观摩了顶尖媒体的运营方式、内容产出之后,报道团也分别与报社编辑、电视台制片人进行了座谈交流,吸取国外成功媒体的运作经验,让成员们对日后的学习与职业发展有了不少灵感。

媒体之都自然也是外交之重。报道团到访联合国总部,参加了一次联合国新闻

发布会、在中国维和部队驻联合国军官戴祁林的带领下参观了安理会会场，看到了不一样的联合国，更对国际关系、大国责任有了具象的认识。随后到访中国驻纽约总领馆，在那里报道团受到了副总领事张美芳的亲切接待，让师生们都感受到了在纽约曼哈顿像回到自己家的温暖。

自踏上美利坚土地的那一刻起，赴美报道团成员就仿佛开启了无睡眠模式，北京时间的深夜成员们在奋战着，美国时间的深夜成员们还在奋战着，成员们开玩笑说："国内同学们醒着我们醒着，国内同学们睡了我们还醒着。"白天赶路至各处采访，晚上回酒店顾不上吃饭抓紧时间写稿件、做动图、剪视频，深夜出稿后发布组的同学们要从睡梦中挣扎起身排版发布熬到天亮；有时甚至在赶路的大巴上都不能小憩一会，有的同学要硬着头皮顶着大巴的颠簸在路上赶稿；从定稿到排版到发布各个环节都要把关的指导老师们更是陪着轮班倒的成员们连轴转，几乎没有睡过一个完

整的觉。然而从初到美国时不知道该如何与国外采访对象快速打开话题,到后面可以迅速出击,从街边艺人到美国前大使采访拍摄信手拈来;从一开始的图片格式不符、后台编辑忙乱甚至稿件丢失导致重做,到后来的分工明确有条不紊、效率直线提高,稿件发布流畅。哪怕是顶着黑眼圈,成员们的眼睛里也依然闪烁着求知的光芒,抓紧一切机会与教授、业界前辈交流探讨;哪怕是睡眠不足甚至身体不适,一嗅到新闻线索成员们还是能立刻进入工作状态各司其职。报道团成员和老师们甘之如饴,坚定的目光里写着"值得"。

"上外全球重大事件多语种全媒体报道2016美国交流报道项目"在报道所使用语种上达到了史上最高的六个语种(中、英、日、德、西、阿),再次领全国高校之先,在国际新闻与传播的人才培养方面持续发挥上外优势、起到先锋示范作用;在报道形式上,本次赴美报道的作品产出鲜明地体现了"全媒体"的特点,最优化结合视频、文字、图片、动图等多种报道形式以达到最佳传播效果。

在18天的交流报道之旅中,报道团共发布新闻报道43篇,产出报道总数更是大于发布数量;微博上,"上外全球重大事件多语种全媒体报道团"的微博话题获得了845.2万的点击阅读,受到社会各界的高度关注和一致好评;报道团在中国驻美大使馆和驻纽约总领馆的参观交流活动,更是得到了使馆领馆的高度赞扬,彰显了上海外国语大学国际化复合型人才培养的实力与成果,使上外在国际人才输送方面的贡献得到了进一步认可。

上外全球重大事件多语种全媒体报道项目八年的成长完善、砥砺奋进,奠定了此次赴美交流报道的圆满成功。跨越两次美国大选,期间更囊括了法国国庆、美国中期选举等全球瞩目的重大事件,该项目所取得的一项项成绩印证了该项目对学校以及学子们的重大意义,也应该作为实践经验照亮项目的未来发展道路。希望该项目能继续发挥示范作用、不断创新、进一步拓宽全球视野,孵化更多的国际化复合型创新人才,在国际舞台上留下更多的上外足迹,让更多上外人才闪耀全球。

附件1："上海外国语大学全球重大事件多语种全媒体报道"

"2016年美国总统选举项目"招聘公告

一、项目背景介绍

上海外国语大学"全球重大事件多语种全媒体报道"项目从"2008年美国总统大选报道"这一海外教学实践活动起步,从最初的《重大事件新闻报道》课程,发展成为"全球重大事件双语新闻报道"项目,历经2010年上海世博会、2012年美国总统大选、2014年美国中期选举三次双语新闻报道实践和2015年法国国庆多语种报道实践,现已成为上海市教委重点建设课程,也成为上外国际型新闻传播卓越人才培养实践平台的重要组成部分。

二、项目已获成果

2008年10月底,上海外国语大学首批6名学生赴美国采访报道2008年美国总统大选,著名媒体人和新闻评论员曹景行老师随行担任顾问,历时两周。作为国内首支中英双语大学生报道团,学生的报道在国内外引起了广泛关注和一致好评,通过与凤凰网、腾讯网、上海电视台ICS国际频道和上海教育电视台合作,学生的作品在上海乃至全国各大电视台及网络媒体发表,其中网络发布平台获得了超过30万的点击量。

2012年,上海外国语大学再次派出报道团奔赴美国进行2012美国总统大选的双语报道,17名同学于2012年10月27日飞赴华盛顿、宾州和纽约等地进行美国总统选举报道。短短18天,报道团在凤凰网、新浪微博、人人网和搜狐微博等网络媒体上共发布了70余篇中英文双语文字报道、25条双语视频新闻、千余张新闻图片。多篇文章和视频点击量破万,官方博客获得超过86000次的访问量。团队在新浪微博开设的官方账号共吸引近3000位粉丝关注,还获得了多位知名媒体意见领袖的好评。除网络媒体外,报道团成员的新闻作品还登上了国内主流传统媒体《解放日报》《新闻晨报》和《环球时报》的版面。报道团的活动也相继被新华社、《解放日报》《中国日报》(美国版头版)、《环球时报》、新华社《瞭望东方周刊》《东方教育时报》周刊和《中经评论》等媒体报道。

2014 年 10 月底,由 20 名上外新闻传播专业学生组成的双语报道团又一次"征战"美国,"中期选举""美国政治、经济和文化"和"中美关系"等问题被列入报道范围。在师生的共同努力下,双语报道团取得了丰硕的实践成果,除了发布与前两次活动一样丰富多彩的报道外,最大亮点在于报道团的官方账户在新浪微博的"好友话题"中点击量过亿,这既是新媒体时代"内容为王"和"爆炸式扩散"等传播特征的极好证明,也是上海外国语大学培养国际型新闻传播卓越人才成功经验的最佳体现。此次报道活动被中国著名纪录片导演杜海滨及其团队全程跟踪拍摄,制作成一部近 40 分钟片长的纪录片《横冲直撞美利坚》,并在上海电视台纪实频道黄金栏目《纪录片工作室》播出,上外学生在国际新闻报道实践活动中所表现出的卓越专业技能、综合素养和优秀心态被生动呈现在荧屏上。

2015 年 7 月 10 日至 7 月 27 日,由资深媒体人、原凤凰卫视言论部总监曹景行老师全程指导、我校专业教师带队的"全球重大事件多语种全媒体报道"项目,在全校范围内招募 10 位优秀学生,组团赴法国进行了"中法五十年:跨世纪的大国友谊"报道活动。该项目基于法国国庆日与中法建交 50 周年的大背景,内容涉及法国社会与文化、中法关系、法国经济等诸多方面。短短 16 天,报道团共制作了新闻报道 24 篇,其中多数为视频新闻;在微博上,以"上外学生赴法国报道团"为话题的微博,共计达到了 509.1 万次点击,受到了来自社会各界的关注与评价。"上外全球报道"的微信公众号也得到了广泛关注,其中多篇文章在微信圈内得到好评。

三、"2016 年美国总统大选项目"介绍

2016 年,美国再次迎来总统大选,"上海外国语大学全球重大事件多语种全媒体报道"项目也再次拉开帷幕,在全校所有学院和专业中招募精英成员,经过系统专业培训后奔赴大洋彼岸,共同关注美国四年一度的大选盛事。此次活动由资深媒体人曹景行老师担任总顾问,专业教师一起指导成员们完成多语种全媒体报道,并在网络中进行实时传播。

四、"2016 年美国总统大选项目"实施方案

1. 招聘范围:全校公开招聘团队成员;
2. 报名时间:2015.11.15—2015.12.10;

3. 报名方式：将个人简历和报名表格发至项目公邮：baodaotuan@163.com

（以"2016美国总统大选项目报名"＋姓名＋院系年级为邮件标题）

4. 项目流程：

起止时间	具体内容
2015.11.15—2015.11.20	项目校园宣讲
2015.11.20—2015.12.31	项目招聘及考核
2016.1	招聘结果公示
2016.3—2016.6	课程培训
2016.7—2016.10	项目策划与准备
2016.10—2016.11	项目海外实践（15—17天）
2016.12	项目总结与汇报

5. 项目培训内容：（视频）新闻采访与制作实践能力培训

多语种出镜现场报道能力训练

中英文新闻采访与写作能力训练

全媒体作品制作能力培训

新媒体传播与媒介融合能力训练

美国政治、经济、文化与总统大选相关知识讲座

（以上培训由校内外专业教师和业内资深媒体人共同完成）

6. 项目形式：以课程形式进行，学生完成所有项目实施内容可获得相对应2个学分，可充当通识教育课程、社会实践与社会调查或专业实习实践课程。

五、"2016年美国总统大选项目"招聘岗位

职位	职位工作细则	职位应征者要求
出镜记者（多语种）	1. 负责多语种新闻的前期策划与录制工作，并协助后期人员完成电视新闻的制作； 2. 负责完成多语种新闻稿的撰写工作，并与项目推广负责人进行联络与沟通； 3. 负责新闻选题策划和筛选，并协助视频记者完成新闻制作。	1. 熟练掌握出镜报道，并有一定的出镜报道经验； 2. 熟练掌握平面媒体与电视媒体的新闻稿撰写； 3. 出色的中英文等多语种报道能力，标准的发音； 4. 敏锐的新闻洞察力，不怯场不害羞； 5. 需提交中英文的出镜报道视频与文字稿。（非英语语种的同学需提交英文与该语种出镜报道视频）

续表

职位	职位工作细则	职位应征者要求
文字新闻记者（多语种）	1. 负责文字新闻的前期策划与采访，能独立完成多语种文字新闻； 2. 负责完成多语种新闻稿的撰写工作，并与项目推广负责人进行联络与沟通； 3. 完成文字新闻的图片拍摄与后期制作。	1. 拥有出色的多语种采访和新闻写作能力； 2. 有一定的新闻敏感，不怯场； 3. 具备一定的新闻摄影能力，并基本掌握后期加工如 PS 等图片处理技巧；
视频新闻记者（多语种）	1. 负责视频新闻的拍摄与视频整理工作； 2. 负责后期视频的剪辑工作，与出镜记者一同完成视频新闻的制作； 3. 与出镜记者共同确定选题，协助出镜记者完成视频新闻的撰稿工作。	1. 具有扎实的摄像录影功底，特别是新闻摄像录影； 2. 熟练掌握电视新闻采编技术，熟练掌握 edius、AE、Final Cut、PS 等后期编辑软件； 3. 吃苦耐劳，能够承受长时间高负荷的工作安排，并能保质保量按时完成工作任务； 4. 同时具备一定的新闻采访与写作能力。
纪录片制作（中英双语）	1. 负责项目跟踪记录拍摄、最后制成一部专题纪录片； 2. 拍摄团队日常工作内容并制成视频新闻进行实时传播； 3. 在完成前两条任务的基础上也可以参与报道大选新闻。	1. 具有扎实的摄像录影功底，特别是新闻摄像录影； 2. 熟练掌握电视新闻采编技术，熟练掌握 edius、AE、Final Cut、PS 等后期编辑软件； 3. 吃苦耐劳，能够承受长时间高负荷的工作安排，并能保质保量按时完成工作任务； 4. 同时具备一定的新闻采访与写作能力。
项目推广与组织（多语种）	1. 负责完成前期的行程安排、机票签证、收费等前期工作； 2. 负责与国内旅行社沟通，协助领队处理在海外的一切突发情况； 3. 负责项目整体宣传稿撰写与全媒体推广； 4. 负责管理项目社交平台、设计版面并上传作品，与国内媒体保持联系； 5. 负责活动结束之后整体素材与后期报销工作。	1. 一流的沟通能力与协调能力，能够随机应变，完成前期活动行程等准备工作； 2. 对数字极其敏感，能够胜任财务管理、计划安排等后勤工作； 3. 熟悉使用网络新媒体尤其是社交平台，如微信后台管理、微博管理等；（有创办、运作微信公众号经验的优先考虑） 4. 吃苦耐劳，能保质保量按时完成推送以及与国内媒体沟通的任务； 5. 有较强的宣传稿撰写和摄影能力。

六、项目招聘宣讲推荐会

时间：2015 年 11.24 16:40—18:00

地点：

附件 2：

2016 年上海外国语大学"全球重大事件多语种全媒体报道"项目团队行程制度及注意事项

在采访报道和涉外交流中，团员必须忠于使命、认真履责、谨守纪律，服从团队工作任务安排。项目开展过程中需要注意以下事项：

一、团队内部保持沟通顺畅

采访团需要严格执行日程计划，如无特殊情况，不得变更计划任务和行程。为了采访报道工作的顺利执行，团队成员分小组在国内完成主要选题和初步行程计划。在境外每个城市执行采访报道任务时，每个小组都要先制定或核对计划（时间、地点、对象、分主题、任务、剪辑、文字报道等），并以小组为单位每日总结当日工作，并向指导教师汇报任务执行完成情况。

如遇突发新闻事件需要开展报道工作的，在首先确保安全的情况下，团员需立即向团长报备（临时任务、计划、地点、采访对象、集合点、紧急联系人等），在征得指导教师同意的情况下执行突发报道任务，并认真做好备案记录。

二、增强自我保护意识，圆满完成任务

上海外国语大学多语报道团，需切实维护国家形象和利益，在执行过程中，主要以学生媒体身份进行对外采访和交流，因此应最大限度征求受访对象的有效配合，灵活妥善进行沟通和安排采访活动。善用国际公约赋予新闻媒体人的权利，客观真实地反映现象和挖掘本质。出于安全考虑，应极力避免与采访任务对象或非采访任务的第三方发生冲突。

如遇到反华势力，或者国外街头抗议和冲突，应保持镇静、妥善应对，遵循安全原则进行规避。要及时向团队其他成员通报，不与可疑人员接触，拒绝以非公开身份前往非公共场所地点交流或采访。对收到的可疑物品，应及时上交团队。对反动宣传品和反动言论，要做到不看、不听、不信、不传。

如遭遇恐怖袭击不要慌乱，应设法自救，把确保人身生命安全放在第一位，必要时可放弃物品先行撤离，如果难以获得前述渠道援助，应向所有公职机构或人员求助。

如果发生纠纷和冲突，首先，应表明大学生报道团身份，并礼貌地要求对方表明身份，简单说明采访报道任务，尽力化解纠纷，避免矛盾冲突；其次，立即联系团长和带队老师，说明情况，必要时联系驻外领馆请求支援；同时，需要立即联系当地警方，表明大学生报道团身份，并记录接警处警人员情况和处置意见。

三、注重礼仪与遵守规则

关注服装服饰，正式场合应着正装，女生宜化淡妆。不要佩戴金银珠宝饰品，不要使用奢侈品，不要携带大量现金，建议使用信用卡+小额现金。尽量避免公开场合暴露钱财和私人物品。

团员需要增强防盗、防抢、防骗等自我保护意识，要及时掌握当地火警、匪警、急救等应急电话，一旦发生被窃或被抢情况，应马上报警，并取得被盗抢证明书。

了解和遵守当地交通规则，发生交通事故及时报警，保存处警记录。

四、确保人身安全

严禁出入存在人身安全隐患的场所（包括但不限于：色情场所、赌博场所、地下酒吧、贫民街区、废弃工业区、治安危险地域等）。采访报道需集体活动，完成采访任务后不得单人外出，多名女生外出也必须有男生团员陪同。

不得在团队驻地外留宿。遵守团队集体行动纪律，每晚10—11点团长或随行老师实行点名制度，每晚点名后须及时休息，不得夜间外出。

如有团员境外亲友探访，应在团队驻地进行，并提前向团长和带队老师报备。

注意保管好团队和个人物品，不要将物品交给非本团成员看管，要妥善保管各种证照和文件。在外期间，团员护照由领队教师保管，如不慎丢失证照，应及时与驻外领馆联系，同时告知组团单位外事主管部门。

五、回国事宜

认真清点资料、设备、证照和机票等，仔细整理好个人物品，不要遗落和丢失。携带资料和物品回国，应保证内容不违反我国及国际间相关规定。准备好购买和退税单据以备海关验核。

必须按计划日程返回，坚持同去同回的原则。未经批准，团队成员不得离团独自回国，不得在国外境外滞留不归。回国后按照项目统一规定办理证照记录，办理财物报销手续，并提交高质量的作品集，个人和集体的采访报道工作总结。

本项目团队是国家留学基金委特别批准立项的上海外国语大学全球重大事件多语种全媒体报道采访团项目，也是上海市卓越新闻与传播实践基地项目和上海市教委本科重点教改项目内容之一。作为上外的优秀特色项目，需要依靠所有老师和同学的努力才能发扬光大，大家一定要精诚团结、发挥主观能动性和创造力，不辜负各方期待和关注。

六、其他重要注意事项

本项目落实团长和项目指导教师负责制，强化监督报告机制，建立责任追究制度，并加大对于外事违规违纪行为的查处。

本项目团长张弛和副团长余穰负责组织协调和联系沟通，与项目指导老师共同带领团队，严格执行纪律，确保顺利完成任务。

所有团员作为具有法定民事行为能力的成年人，已认真阅读上述**上海外国语大学"全球重大事件多语种全媒体报道项目"团队行程制度与注意事项**，并承诺遵守相关规定和团队安排。

所有团员充分认知赴国外／境外报道和旅行可能带来的意外和风险，应购买适合的国际旅行保险。

所有团员承诺对自己的言行负责，不做出任何危害自身或团队安全的行为，避免有损上海外国语大学"全球重大事件多语种全媒体报道团"的行为。

本项目已经尽可能帮助联系国外院校和安排组织采访，所有采访计划、行程和采访任务都经过项目负责教师和报道团全体成员的精心规划和安排，但并不能免除全部的意外发生和旅行风险。<u>团员需自觉自愿承担充分的海外旅行与新闻采访报道安全责任，团队成员及学生家长应对此持有充分的了解和认知。</u>

综上，本项目团队的所有出国／出境人员承诺遵守**上海外国语大学"全球重大事件多语种全媒体报道项目"团队行程制度与注意事项**，并全力支持全球重大事件系列报道项目任务的圆满完成。

签名人：

项目成果展示

开篇 | 美利坚，不管路途多难，我们来啦

记者：白雪儿 陈栩伊

▶ 2016 年 10 月 28 日 清晨 上海浦东国际机场

早 8 点，来自上海外国语大学的 20 余名师生来到浦东国际机场，时间还早，大家聊起了抑制不住的激动的小心情：

好激动啊，对这次活动我蓄谋已久啊！

想体会真正的新闻实践的感觉呀！

美利坚好神秘，想去看看王冠（央视北美首席记者），能见到他诶！

我是他的迷弟啊！

有曹景行老师带队啊！

且听小编一一分解：

▶ 出发时

有人在第一关就因签证情况没搞清楚、重要附件过期导致不能成行……（难过……毕竟大家一起很认真地准备了很久……真的很难过……但是想给这个同学大大的一个拥抱……我们把你的那份，加倍努力回来好吗……好吃的好玩的也多帮着你一点……

项目成果展示

▶飞行中

▶2016年10月28日 未知时段

  好不容易到了有很多山的旧金山,也通过了人山人海的入关检查,全体却因为第一班飞机误点一个半小时、入关的磨叽赶不上原定的航班……只能改签机票。原本只需要转机一次的航班,又平白多出了一次,对,一共要转两次机呢!

  (前往美西城市 San Diego 转机到目的地美东美国首府 Washington DC)

我们大概花了一个小时在排队弄改签的事情……

航班时长呢？ 10+1+5=16（h）（我会夸你数学好吗，请你再加上转机等候各种周折的时间……想想我们的地球又转过一圈，我们却还没到目的地！）

要知道，不过我们之中一批人的行李倒是比人要先飞到目的地诶……着急！

改签把原本打算全程集体行动的我们分成了四拨飞，这还不算什么！后来，又一次 delay 把第四拨人困在了旧金山机场过夜……要等第二天早上才能飞！延误延误再延误……

▶ 在一个美丽机场流连忘返的时间

这么多的不顺以外,我们也收获了旅途中的许多惊喜!

当你被延误在一个机场的时候,请填饱肚子、四处逛逛。

你会发现:小伙伴们也纷纷利用延误时间发现着美利坚的新鲜事儿。

Journalism is everything about curiosity. (↑)

白雪儿:旧金山机场确实很美呀。室内设计颇具匠心。线条型墙板设计,简约大气。拖着行李箱走在过道里,随处可见各种艺术展、摄影展、人偶展。真是让人流连忘返。

栾春晓:我想在各种好看的机场试着过夜啊!这么美丽的机场一定要过一次夜。(Yes! We made it! 因为最后一波延误的人成功在旧金山机场睡了一个晚上……)

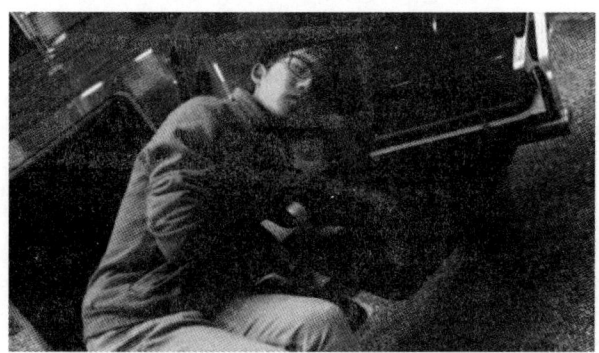

▶ 未知时间,约摸估计仍是 2016 年 10 月 28 日

先飞的两拨人则筋疲力尽的在离旧金山一小时飞行的 San Diego 机场会师,找回组织的感觉!(可是包括指导老师在内的大部队是第四拨人啊)大家都懵了,纷纷问今是何世……乃不知有汉,无论魏晋。

旅途虽然艰辛，让人身心俱疲，但是——

黄野：虽然这次旅途状况百出，但大家相互照顾，还是觉得很温暖的！更期待接下来的事情了！印象最深的，就是我们最早一批到目的地的14个人，并不是下了飞机就走，而是齐心协力帮后一批的老师同学们把比人先飞的行李全部找出来、有序地放在大厅里，让机场人员帮忙看管，瞬间感觉跟着大家一起出行会很安全踏实。走出凌晨5点有些寒冷的DC机场时，心里却变得超级温暖。

冯诗豪：知道要延误到第二天才能飞，当时心里一下子有点难过。第二天本来可以去一个集会看一看，我下午还在和小伙伴讨论，会遇到什么问题。延误到明早，也就是没办法参加那个集会，是有一些遗憾的。但是好在后来还是赶上了后半场，也是很幸运，感受一下美国集会上的气氛。之后会更加用心，毕竟机不可失。

是啊，当小伙伴们相互帮助一起面对旅途的困难，当身体不适，旁边的人主动让出靠走道的位置的时候，当你在飞机延误的时候邂逅各种新鲜事物和友好的外国人的时候，会觉得这些不顺好像也没那么糟糕。变得更加期待之后的行程和挑战了呢！

-So glad to chat with you!

-Me too! You know, traveling is everything about meeting new people and discovering fresh things.

絮语｜大选倒计时，战火无处不在——书店篇

记者：栾春晓　汤怡文

▼▲

你还记得前几年火遍全球的填色书《秘密的花园》吗？光涂花花草草有什么意思，换个口味，涂涂美国未来总统怎么样？

上外美国交流团的美国体验第一站，就从旧金山国际机场的书店开始。机场书店，这个公关宣传的必争之地，在国内被充斥着马云的"成功经"、俞敏洪的"励志说"，而在美国，这里俨然成为了美国大选的战场之一。

进入书店,摆在收银台正中最为醒目的就是希拉里和特朗普的填色绘本。

▼▼▼

希拉里的填色书以情动人。翻开书页,左半边是希拉里的人生经历,右半边则是相对应的可供填色的配图。绘本囊括了希拉里人生中每一个举足轻重的环节:

▸从少女时期的演讲

▸到与比尔·克林顿结婚

▶再到与奥巴马同台竞选总统，可以说是希拉里人生履历的缩影。

▼▼▼

而特朗普的填色书，也跟他本人的风格如出一辙，"画（话）"不惊人死不休。翻开绘本，左半边是空白的，也是，特朗普已无法用言语形容。右半边则是花样百出的特朗普恶搞：

▶特朗普版《权力的游戏》

▶玛丽莲·特朗普·梦露

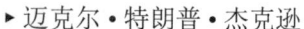
迈克尔·特朗普·杰克逊

当然,即便在填色书里也少不了特朗普与希拉里的角逐较量。

两人的战火绝不仅仅烧到填色书,传记、时事书架上两人也争先恐后地博"出架率"。

▶ 特朗普有 *Time To Get Tough*(是时候强硬起来了)

▶ 希拉里有 *Hillary's America*(希拉里的美国)

▶ 特朗普有——来，一起喊出他的竞选口号！*Great Again*

▶ 希拉里有 *Stronger Together*

拉竞选搭档，自己选的副总统——蒂姆·凯恩一起站台。

两人在书店地盘的占有率上不相上下，但是希拉里明显更喜欢协同作战，不仅和竞选搭档蒂姆·凯恩共同亮相其中一本的封面，她的传记更是与其老公比尔·克林顿的传记并肩出现，吸睛力加倍。

也许在传记上希拉里略占风头，但在杂志上，她的曝光率远不如特朗普。

特朗普自带极强的话题性,让他在杂志封面的战争占尽优势。

视界｜命运·机遇·选择——记者与自由人身份的纠葛

记者：娄清卿

华盛顿哥伦比亚特区，美国的心脏，各种文化交流的桥梁。在正式行程开始的第一天，我们一行人带着对此次报道活动的憧憬和热情，从颇具盛名的新闻博物馆出发，领略了新闻行业的迅速发展，见识了记者生活的真实写照。而在厚重的历史和多样的表现形式当中，一条暗藏的线索也逐步展现在我们面前，引人深思，发人深省。

命运不是机遇，而是选择。

John Del Giorno 是 WABC-TV 的一名记者。在"9·11"事件发生之后他说对于他而言，最困难的事是在做一名记者与做一名自由人之间找到平衡。

畏怯 or 直面？

作为记者，首先面临的通常是自由人的忧虑恐惧和记者的义无反顾之间的矛盾。作为普通人，人们有权利并且本能地畏惧，但作为一名记者需要的是奋不顾身地与你我比肩，逆向而行。在这样的危机选择之下，大多数记者都会选择直面，选择勇敢。正如马克思所说，如果我们选择一种能够对人类做最大贡献的职业，那么我们就不会感到负担太重，因为这是为所有人而牺牲。

哭泣 or 前行？

人类在诞生之时，就是带着情感而来。如果生命不会成为羁绊，更困难的将会是在记者的工作与情感的牵挂之间找到平衡。Beth Fertig，WNYC Radio 的记者，在"9·11"发生之后，能够毫不犹豫地递出话筒、开始录音。但当她一次次被消防员阻拦，看到无助的人们从高层跳下，看到路过的人们绝望地哭泣，她最终还是不能自抑，关掉所有设备伏在角落痛哭不止。同样地，南非自由摄影记者 Kevin Carter，普立兹新闻特写摄影奖作品《饥饿的苏丹》的获得者，以新闻专业者的角色，按下快门，然后赶走兀鹰并看着小女孩蹒跚离去。最后他坐在树下，点起一支烟，念着上帝的名字放声恸哭，并在作品获奖之后不久结束了自己的生命。没有什么比冷静理性地完成记者的工作，与内心深处不断激荡所带来的彷徨更使人感到痛苦。郁达夫曾说，人的情感和人的理智，这两重灵性的发达与天赋，不一定是平均的。有些人是理智胜于情感，有些人是情感胜于理智。人们期望记者是理性而真实的，却又无时无刻不在使用情感的标准来考量每一件事。对于记者而言，这无疑是外界的质疑与内心的撕扯所带来的双重折磨。但也只有他们，因为接触到并理解的感情更多，得以更好地控制情感，完成一般的自由人所不可及的工作。

真相 or 真理?

对于记者与自由人身份的最新考量,则体现在一场旷日持久的客观性反思之中。第二次世界大战后,麦卡锡主义的盛行激起了强烈的媒体反共浪潮,究其原因则不难发现当时的媒体在纯客观主义新闻原则的影响下,对麦卡锡众多的言论都有闻必录。为了还原真实与客观,记者即使发现麦卡锡在撒谎,也要把那些谎言"如实"告诉公众,让公众自己去判断真伪。

这一典型案例至今仍是人们反驳客观性原则的有力依据,而受此影响,《底特律时报》则选择在报道与2016年美国两位总统候选人的言行时,加入"editor's notes"这一特别部分,在追求客观与追求真理的道路上选择了后者。虽然客观性原则仍是新闻的基本要求,但出于人本身对于误解及其后果的排斥使得一部分人仍会倍感挣扎。记得周国平先生曾经说过,在这个世界上,没有人能够真正相信自己已经贯通了一切歧路和绝境,因而不再困惑,也不再需要寻找了。人们将永远困惑,也就永远寻找。且将困惑作为诚实,寻找作为勇敢。

无论怎样,我们都向所有仍在苦苦追寻的记者致敬。是他们用勇敢弥补我们的畏怯和惶恐,是他们用坚持换来我们的理解和认同。

——Alejandro Junco,墨西哥《改革报》首席执行官

特辑 | 亲历：奥巴马在白宫的最后一次万圣节晚会

记者：张 弛 海 阳 覃锦华 黄 野 钱仪雯 何文琪
余 穰 陈栩伊 汤怡文 鲁一冰 理 智

今天白宫门口怎么这么热闹呀
哇，好多萌萌的小朋友
你看那个宝宝装在篮子里，好可爱！
他们这是在干啥？

视频▼

▶ 万圣节这天，白宫门口站满了超人英雄和公主。原来这是在排队参加美国总统奥巴马与第一夫人米歇尔在白宫举办的万圣节活动。今年（2016年）白宫的万圣节之夜预计会有四千人参加，主要参与者是华盛顿地区学校的学生以及军人、政府工作人员子弟等。

▶ 四点白宫南面的总统公园，排队的人群已经从公园内延伸到了旁边的人行道上，但精心装扮过的孩子们仍在家长的陪伴下兴高采烈地奔向白宫。有些家庭来自华府，有的则专程驱车从邻近的弗吉尼亚或马里兰州赶来。

▶ 为了维持现场的秩序,同样身着万圣节服装的志愿者将队伍按照进场时间段将排队等候的家长和孩子们分组。

项目成果展示

▶ 进入白宫参加万圣节活动可不是随随便便就能进去的。队伍里的每一个家庭都持有白宫发放的邀请票，这些票均不对外销售，只有政府工作人员、军人子弟，及华府地区学校的学生才有可能被选为"幸运儿"进入白宫参加这难忘的万圣节晚会。现场的一个"超人"家庭就是作为政府职员的朋友受邀来到白宫，这是两个孩子第一次有机会进入白宫、见到美国总统，他们表示"非常的兴奋"。

▶ 能够被白宫选中的华府地区的学校大多为非洲裔美国人社区的学校，比如华盛顿特区的学者公立特许学校及马里兰州的班纳克小学等。这次受邀的一共有15所学校的学生，其中华盛顿特区有4所，弗吉尼亚州4所，以及马里兰州7所。

继往开来：
上海外国语大学多语种全球报道 2016 美国项目实践

▶ 与白宫南面的热闹非凡不同，白宫北面的宾州大道非常的安静。往日繁忙的宾州大道在活动举行的 4 点至 7 点之间将封路以确保活动安全及顺利地进行，在此期间，行人及车辆均不能通行。

特辑 | Obamas celebrate final Halloween at the White House with kids

记者：张 弛 海 阳 覃锦华 黄 野 钱仪雯 何文琪
　　　余 穮 陈栩伊 汤怡文 鲁一冰 理 智

Why do so many kids and their parents gather together in front of the White House?

Why does everyone look so excited? Who will they meet?

Why do they all dress in costumes?

Which one is the most creative and interesting outfit?

You may want to check this out.

▶President Obama and First Lady Michelle Obama hosted their last Halloween at the White House on Monday. A wide range of administrative, military families and local children in Washington D.C. were invited to trick or treat.

▶Late in the afternoon, dressed-up parents and their children from different places in Washington D.C. and nearby cities in Virginia and Maryland waited in line in the President Park to get into the White House. The line began from the center of the park and extended all the way to the 15th Street. They gathered together to celebrate this year's Halloween with President Obama before he left the office.

▶Volunteers dressed in customs helped to keep the crowd in order with a cardboard in hand, grouping families by different time period to go inside the White House.

▶Tickets are required to participate the White House Halloween party, which cannot be purchased but are distributed to assigned schools' students and government officials. "My friends work in the government gave us the ticket. That's how we are invited." said a family dressed as supermen.

▶Students from 15 nearby schools were invited to this year's White House "Trick-or-Treat", including four schools in D.C, four in Virginia and seven in Maryland. Most of them belonged to the African American communities, such as the D.C. Scholars Public Charter School and the Benjamin Banneker Elementary School in Maryland.

▶To celebrate Halloween in the White House, the Pennsylvania Avenue had been cleared and closed during 4 p.m. and 7 p.m. to ensure safety.

▲ The armed police ensured local safety.
▲ The normally busy Pennsylvania Avenue was quiet on Halloween.

项目成果展示

特辑 | 喜迎万圣节，送别"老伙计"

记者：汤怡文　理　智　鲁一冰　海　阳　覃锦华　张　弛
　　　黄　野　钱仪雯　何文琪　余　穫　陈栩伊

▶ 2016年10月31日，美国白宫外排起了长长的队伍。人们奇装异服，不为别的，只为迎接一年一度的传统节日万圣节。

仔细观察排队的人群，不难发现今年来到白宫外排队的人中非裔美国人居多，其原因之一就是为了来见见他们的"老伙计"美国总统奥巴马。

Lggy

"我最近刚刚有了孩子，今天带他过来，就是想在奥巴马搬出白宫之前让我的儿子见见我们的美国总统",站在人群中的 Lggy 先生推着婴儿车这样说道,"我们在孩子出生之前也就装扮自己,去聚会,不会去讨糖。这次我希望好好和家人享受这个节日,要到很多糖,也希望奥巴马可以看到我的儿子。"

小学教师 Sara Archutald

作为一名祖母,每年万圣节,都会带着自己的孙子去邻居家敲门讨要糖果。今年她也带着自己的孙子和女儿来到了白宫外排队等候,"我今天特意带着我的小孙子和女儿来这边,这可能是我们最后一次在白宫见到总统。""我们很开心,每次活动都很成功,只要我扮成我喜欢的人物,我就精神抖擞。"

▶ 于 2008 年入主白宫的奥巴马将于两个月后正式卸下美国总统的重任。作为美国历史上第一位非裔总统,奥巴马深受非裔美国民众的喜爱,而这次奥巴马夫妇在白宫外举行的万圣节活动,也很可能是美国民众最后一次在白宫与这位"老伙计"亲密接触。

小女孩 Sara;妈妈 khadidja keita

下午两点半,Sara 就跟着父母早早地来到了白宫,等候工作人员派发糖果。经过两个小时的漫长等待,Sara 终于从奥巴马夫妇手上接过了今年万圣节的第一份糖果。绿色的油彩难掩孩子脸上的激动和兴奋。

▶面对记者的采访，Sara 自豪地介绍着"这个是米歇尔夫人给我的，这个是奥巴马给我的"。Sara 的母亲 Khadidja 则主动向记者展示了 Sara 和奥巴马夫妇的合影。照片里 Sara 笑得格外开心，奥巴马夫妇则忙着给排队的孩子们派发糖果。离开白宫后，Sara 一家还将去街上玩 "trick or treat" 游戏，相信今夜对 Sara 而言一定会是个难忘的万圣节。

特辑 | 小朋友们的 Halloween

记者：黄 野　钱仪雯　何文琪　余 穰　陈栩伊
汤怡文　鲁一冰　理 智　张 弛　海 阳　覃锦华

Trick or treat! 说到底，万圣节玩得最开心的还是小朋友们，毕竟在这一天做个捣蛋的熊孩子还有糖果吃。让我们一起来看一下万圣节当晚排着队准备去总统府上一闹的孩子们是怎么打扮自己的吧。

首先迎来一组 Elsa 们。讲真的，冰雪奇缘的 cos 感觉还能再玩一整年……

项目成果展示

另一人气角色雪宝也在……

超级英雄一组：美队，超女，马里奥

水管工马里奥姑且也算"地下"英雄吧。

043

还有另一组英雄……

接下来是"爱它就要变成它"系列：

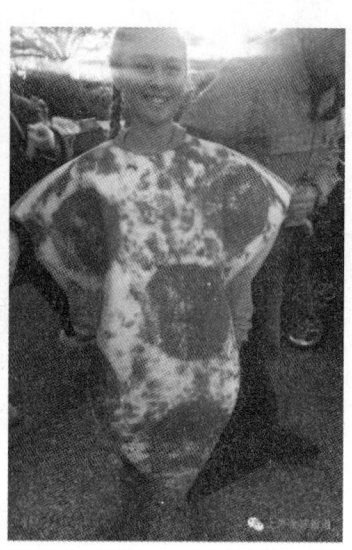

1号：因为喜欢大海而化身螃蟹的萌娃（是螃蟹不是龙虾，小编已再三向本人求证）

2号：因为喜欢吃比萨而诚实地变成了一块比萨的萌妹

3号：贯彻爱国主义的山姆大叔，大叔表情相当到位

小小希拉里以及两位"保镖"也来啦

最后附赠一组表情包素材，万圣节快乐！

委屈1： 委屈2：

emoji 贩子

给你一个眼神

特辑｜万圣节：大选的又一次

记者：汤怡文　鲁一冰　理　智　海　阳　覃锦华　张　弛
　　　黄　野　钱仪雯　何文琪　余　穰　陈栩伊

▶万圣节活动如火如荼，一边美国大选激战正酣。美国民众对于这次大选的态度，在此次万圣节的活动中也有迹可循。Jalen 先生作为美国住房扶持计划的受益者，谈到奥巴马总统一脸自豪。"我的经理人（负责操办住房扶持计划业务的政府办公人员）给了我几张票，我就有机会来这里和我的家人参加活动，见到总统奥巴马。"

当被问到将要投票给谁做总统时 Jalen 先生毫不犹豫地选择了希拉里·克林顿。"特朗普是个种族主义者，我不喜欢他。"

▶不只是拖家带口的成年人，连还在上小学的孩子也表明了自己的立场。装扮成奥巴马的 Marcus Mathews 小朋友穿着西装，头顶奥巴马标志性的灰发，拍着胸脯骄傲地说："I'm running for the third term. 我要继续连任。"（美国总统最多连任两届，奥巴马已连任第二届）。

"What's your slogan?"
"你的口号是什么？"
"都听我的！"

"Who are you with today?"
"你今天和谁一起来的?"
"我自己。"

"Are you here to see Barack Obama?"
"你是来看奥巴马的吗?"

"奥巴马就站在这里!"

▶值得一提的是还有同性恋情侣也出现在活动队伍中表达了自己对希拉里的支持,有人将孩子打扮成希拉里,自己装扮成希拉里的守护神,并表示希拉里是一位智慧、坚强的女性,要支持到底。

项目成果展示

幕后 | 我们可不只是参观

记者：金元敬　魏　澜

▶抵达华盛顿的第二天，报道团的同学们就开启了记者模式。在华盛顿著名的博物馆、林肯纪念堂和国家公园等地方，他们可不想只做个普通游客，而是找各种各样有趣的话题，并直接进行了采访，面对陌生的城市陌生的路人，他们会有怎样的表现呢？跟随我们的镜头，一起去看看吧！

视界 | Capital Bikeshare ignites frenzy in bike-sharing

记者：孙一尘　覃锦华

▶Under the adorable appearance of the bike lays the ingenious work of design, which takes both utility and safety into consideration. The red-colored aluminum unisex bike has 3 gears, and its pedals will be temporarily out of function if users overdo with it. Its adjustable seat meets the need of people with different body sizes. A repair button can be found on each bike dock, enabling bikers report to Capital Bikeshare in time if a bike is malfunctioning. In short, the bike appears to be user-friendly in every detail.

▶How to allow first-time and infrequent visitors in Washington to ride the bike easily? Capital Bikeshare has its unique approaches. You can pay for the service directly by your credit card, and no other identity verification is required. Rental stations equipped with solar panels and wireless data link ensure the process to be steady, fast and more importantly eco-friendly. After you purchase the service at the kiosk, the only thing you need to do is to input the 5-digit code you get, all written in a simple 1-and-2 composition, into the dock. Then, you can check out the bike and start your journey across the city.

▶Unexpectedly, Capital Bikeshare has successfully ignited passion in bike riding in the great Washington area. The annual performance data published by the company indicates its steady and sustainable development. Statistics show that the total usage of bikes of Capital Bikeshare in the third quarter of 2015 increased 50% year on year.

▶However, many other bike-sharing projects do not run so well. One example is the Citi Bike in the New York City which has met "financial and operation challenges" and is struggling even to survive. Another one is the system run by Wuhan city in China which was closed due to low take-up and high maintenance fees.

▶The reason for the success of Capital Bikeshare lies most in its integrated evaluation of the market, in balancing the different needs of target customers, in useful and cost-efficient technologies, and in government funding. Almost every single setting of the station relies on research statistics. Besides, the bike stations are intentionally set in every scenic spot and hotels to facilitate the trips. More importantly, it is largely funded by the local government. Citi Bike in New York is doomed to fail because it takes full responsibility for its profits and losses. It can hardly recover its huge investment. Although nobody expects it to be profitable, Capital Bikeshare, as a part of public transportation, receives fair share of government funding and operates quite well. In 2013, it recovered 74 percent of its operating expenses, much more than other major public transport services such as Metrobus.

▶The failure of Wuhan's project, however, is due to manpower. Every station back then had to be operated by a real person. More advanced unmanned kiosks should have been put into usage to save long-term cost. Besides, maintenance input was not enough. Capital Bikeshare replace every unusable bike once it was alerted, while the bikes in Wuhan after two years in service were mostly left unnoticed and broken.

见闻 | 以爱之名，无谓输赢：第 41 届海军陆战队马拉松

记者：鲁一冰　汤怡文

▶ 2016 年 10 月 30 日，30000 名跑步爱好者齐聚华盛顿，参与了第 41 届海军陆战队马拉松，简称"MCM"（Marine Corps Marathon）。为了给比赛让路，不少市区的重要路线都禁止车辆通行。然而坐车在市内穿行，仍然能够看到大批跑者、支持者以及工作人员的身影。

▼我做到了！

MCM 旨在促进身体健康以及友好的社区文化，鼓励人们相互扶助、向所爱的人致敬。活动不仅接受个人报名，也鼓励选手组队参加。Stephanie Santamaria 就是作为某 ALS（肌萎缩侧索硬化症，俗称"渐冻症"）组织的代表报名参与的。她的母亲是位 ALS 患者。Santamaria 决定参与此次马拉松就是为了向她母亲致敬。为了准备这次比赛，Santamaria 从初夏就开始练习。"我每天都会练习跑步，但今天是我第一次跑这么长的距离，所以这也是我人生中的第一次马拉松。"

MCM 并不设立奖金，但每一位跑完全程的选手都会获得一枚奖牌。奖牌的样式主要基于海军陆战队的徽章，每年的设计都略有不同。

项目成果展示

▼快！跑起来！

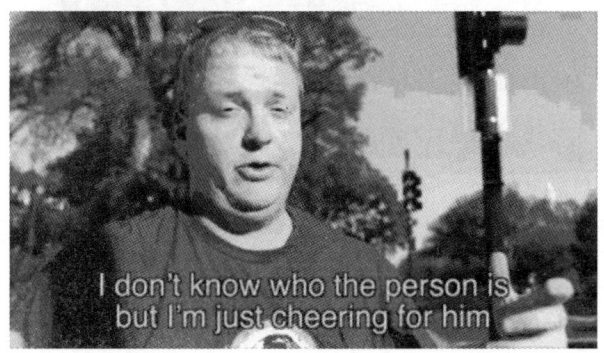

  MCM 全程共 26.2km，无疑是一个巨大的挑战。选手不仅要克服身体上的考验，同时也需要精神上的支持。James Martin 就是一个忠实的马拉松支持者。今天，他早上八点半就到达了现场，直到下午四点多才离开。近三年，他还参与了大大小小多个马拉松。每次活动前，他都会亲自制作加油的画板、写上鼓励的话，并在活动当天在不同地点为选手呐喊助威。"我希望尽可能地鼓舞到更多的人。"他为自己的亲朋好友加油，也为每一个参与活动的陌生人鼓劲。

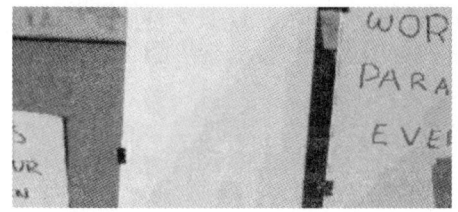

  画板的内容也不是一成不变的，有结合流行体育文化的，也有加入了美国大选

元素的。由于活动当天临近万圣节，因此一些人特地穿上了万圣节的服装，为活动带来了一些不一样的风景。James 也特地制作了画板以调侃这些选手。

▼没事，放轻松点！

不同于一般的体育项目，马拉松对选手的身体素质有较高的要求。为了保障选手的安全，比赛当天共出动了 12 辆救护车在各个比赛点附近巡逻，为身体不适的选手提供第一时间的治疗服务。由于活动当日气温较高，要跑完全程势必也面临着更大的挑战。一位医护人员 Chanel Jones 表示，"今天发生了几例脚踝受伤和呼吸困难，好在并无大碍。总体而言，今年的活动还是相当顺利的。"

▼关于 MSM

作为华盛顿一年一度的马拉松盛事，活动当日不论是在起点、赛道上、补给站、医疗点、还是终点，都随处可见军人们在为跑者提供服务。从乔治敦到国家广场，跑者将途经美国华盛顿特区所有的著名景点，最终完成 26.2km 的路程。在美国，海军陆战队马拉松又被称为"人民马拉松"，是赛道观赛人数最多的马拉松之一。"越战"后，美国反战气氛强烈，而长跑运动却迅速流行起来了。于是海军陆战队上校 Jim Fowler 提议举办一场马拉松比赛来展示美国海军陆战队的历史与文化，这一想法立刻得到了当时美国海军部长的支持。其首届比赛于 1976 年 11 月 7 日得以举办，并且大获成功，随后迅速在美国流行开来。

絮语｜史上最难大选选票怎么投？美国群众：投比萨！移民加拿大！

记者：栾春晓

▶随着大选投票日越来越近，希拉里和特朗普的竞选大战上升到了空前火爆的程度，自上外全球报道团赴美以来，就一直在见证大选中的"惊喜连连"、丑闻不断。两党候选人的战火铺天盖地，在报道团参观华盛顿的新闻博物馆——Newseum 时，甚至还发现战火都蔓延到了礼品店。

▶这世上除了芭比娃娃、花椰菜娃娃……还有大选娃娃！摇头晃脑的希拉里和特朗普 bobble head 娃娃，有种莫名邪恶即视感的候选人布娃娃，时刻提醒你："大选要到啦，别忘了给我投票哟～" 当大选战火蔓延到娃娃界，美国群众表示从来没有如此害怕一个娃娃。

▶两大候选人一个邪恶一个疯狂，然而就算这是史上最难投出的选票又怎样，机智的美国群众早就心有所属——"我投比萨！"请加小编一个！

▶ "什么？食物不能参选？好吧，那我投侃爷吧……"

▶ 当然，这样随意恶搞候选人名单的行为我们不能提倡，大选当前，我们还是鼓励美国朋友们要沉着冷静、理性对待，比如说下面这样的，实在不行，36计走为上啊！

▶ 我的上帝！让我在这两个人之间选择？我选择……移民加拿大！

▶ 移民加拿大！四年后再见！

▶ 虽说这都是玩笑，但调侃中也透着美国民众对这次大选闹剧的失望与无奈。

▶ 其实这次大选也并非全无可取之处嘛，毕竟……周边还是做得不错的。

▶ 大选倒计时5天，来一根蓝党驴牌棒棒糖、配一杯红党象牌啤酒，和上外全球报道团一起，见证这场美国政治年度大戏的结局。

话题 | 除了姚明，你还知道谁？

记者：姜怡安　刘亦恒

除了姚明，你还知道谁？
—— 华盛顿街头的中国印象

▶ 提问：在世界上哪个中国人的知名度最高？

那当然就是姚明了！

不是吧！除了姚明，老外到底还知不知道其他中国人啊？

2016 年 11 月

华盛顿街头上外全球报道团派出两人小组深入街头，刺探这一问题的答案。

▶ 作为铺垫，他们还要先搞清楚，老外脑子里的中国究竟是什么样子的？

老外居然知道得那么多！呃……不过等等 ——

什么？你们都没去过中国，你们到底是怎么知道这些的？

项目成果展示

厉害了，老外！口耳相传到信息社会再到身体力行，为了解中国，无所不用其极啊！

绕了那么多，那么老外到底还知道哪些中国人呢？

…………

继往开来：
上海外国语大学多语种全球报道2016美国项目实践

特稿｜他乡遇"故知"：上外全球报道团拜访央视与SMG美国新闻中心

记者：钱仪雯

华盛顿当地时间2016年11月2日，上海外国语大学多语种全球报道团一行在资深媒体人曹景行老师与SMG（上海东方传媒集团）美国新闻中心运营总监任美星老师的带领下，先后参观了中央电视台北美分部以及SMG美国新闻中心的新办公室，并分别与两台的资深媒体人进行了热烈的交谈。

1st STOP: 央视北美分台的演播室

以蓝色为主调的演播室大气而有质感，央视LOGO看上去异常亲切，而大屏的巨幅世界地图则彰显了作为权威媒体所应持有的广阔视野。此时此景，大家纷纷举起相机360°狂按快门，还纷纷与心中的偶像央视驻美国首席政治记者王冠合影留念。

如果说华盛顿的金秋暖阳驱散了连续作战、熬夜赶稿的同学们眼底最后一丝困意的话，那么与央视记者王冠、国际政治问题专家宋鲁郑教授的交谈则轻松点燃了大家的兴奋心情。身处现时现地的美国，名为"总统选举"的风云大戏是绕不过的话题。在简短概述央视北美分台的日常运作后，王冠老师介绍了央视对于本次美国总统大选的三大报道角度：金钱政治、中国话题，以及两大候选人之间的交锋。而谈到媒体在这出大戏中所扮演的角色，王冠老师列举了一系列思考角度，宋鲁郑教授也从自己的研究出发进行补充，表达了报道选题在广度与深度方面的进一步可能。进入提问环节，面对大家提出的各种问题，两位老师也都做了详细解答。

最后，上外全球报道项目领队、卓越学院副院长邓惟佳副教授给王冠送上了聘书，正式聘请他成为上海外国语大学卓越学院的客座教授，在未来为上外学子带来更多国际政治、国际关系与全球传播等方面的最新知识和信息。

2nd STOP: 上海东方传媒集团华盛顿新办公室

位于宾夕法尼亚大街上的 SMG 新办公室可谓占据了黄金地理位置，不止与白宫共用一条大街,更面朝世界银行与国际货币基金组织两座大楼。据说在附近闲逛,与世界顶尖数据分析师撞个满怀的概率相当之高。

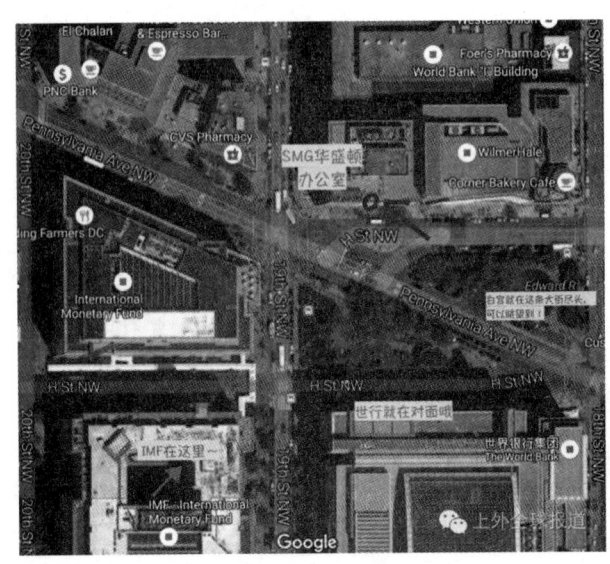

在明亮崭新的办公室内,报道团的同学们与曹景行老师和任美星老师,以及其他在场的各位记者围成一圈,高谈阔论。围绕任老师提出"十年后的媒体会是什么样"这一问题,每一位同学都发表了自己的观点。从未来媒体的可能形式到内容,再到媒体的生存与经营之道,报道团的同学们在各位媒体权威面前从容阐述了自己的想法,面对来自老师们的提问与挑战也毫不退怯,大方得体地表达自己的观察与思考,呈现了一场激情四射、火花碰撞的大讨论。

"昨天是有规则的,而明天没有规则,"曹老师对报道团的同学们说道,"打开思想,未来是属于你们的。"

What did we learn?

理智：今天令我印象最深的是参观央视演播室，我由此见到了仰慕已久的王冠记者。他是我的榜样与学习动力，我也憧憬能像他一样在演播室内为祖国发声。从团队的角度出发，我也认为此次央视之旅不虚此行，我们听到了媒体老师们对时政的种种分享，也得到了实际采访方面的建议与帮助。

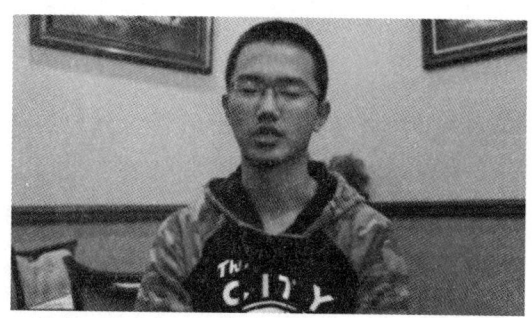

何文琪：此次参观让我见识到了憧憬已久的外派记者生活，还与"男神"王冠记者有了近距离的接触。印象最深的是王冠老师眼中的疲惫。做媒体人是十分辛苦的事，但媒体人能够运用自己的方式将事实呈现给大众，向更多的人传递自己的感受，这对我来说是十分有意义的工作。

冯诗豪：我从任美星老师身上可以感受到他身为媒体人的人格魅力。任老师视野宽广，对于媒体行业的未来有较深的洞察。今天的讨论中，他所说的关于数据和信息关系的思考就很好地体现了这一点。

继往开来：
上海外国语大学多语种全球报道 2016 美国项目实践

话题｜一场发生在 SMG 美国新闻中心的大讨论

记者：冯诗豪

上外全球报道团行程第四天，同学们来到了位于华盛顿的 SMG 美国新闻中心办公室。敞亮的落地窗，装潢简洁明快的办公区，架满机器的直播间，整个美国站洋溢着全媒体的新鲜气息。

大家围坐在一起后，任美星老师作为电视人的控场王气质马上暴露，他打趣般地讲到，"欢迎大家收看我们的节目，接下来有请曹景行老师来分析一下当日的头条新闻"。幽默的开场引来一阵欢笑。

任美星老师接下来抛出的一个问题，引发了一系列激烈的讨论。

"接下来，请每一位同学谈谈，在你的想象中，未来十年的媒体会变成什么样子？"

站在今天的桥接点，当内容和技术的抉择越来越尖锐，当传统媒体和新媒体的碰撞更加激烈彻底，我们如何想象十年后的媒体以及媒体对人的影响？

技术 VS 内容

▶ 直播、VR、人工智能,"高大上"(高端、大气、上档次)的技术怎样服务与传播优质内容?

讨论的开篇,大家对于未来十年媒体发展围绕一个关键词展开想象:技术。

张弛:其实从现在开始已经可以开始想象十年后的媒体了,新的科技比如 VR 已经开始运用到媒体中了。我考虑过直播到底算不算媒体,因为直播是直接把内容呈现给观众,内容无法筛选的情况下,受众能否接收到有效信息?

曹景行老师:受众愿不愿意接收信息和接受的是优质还是劣质的信息是两个问题,现在的情况是即便是垃圾信息,受众也会愿意接受。十年前我无法想象今天我们能用一部手机随时随地在全世界直播,十年后我没有想到的是,最先使用直播的竟然是网红。技术很可能使我们的媒体垃圾化,小众的精英媒体可能还会存活,但是大量的 VR 会让所有东西变成垃圾。

栾春晓:现在短视频的新闻越来越多,但是我不认为图文新闻会在未来消失,虽然整个图文新闻市场在被不断地压缩,直到有一天压缩到只剩下最精华最有价值的信息时。但是目前,短视频在未来一个 decade 里面是一种趋势,信息快速消费时代的一种最好的形式。

同学们还提到,可以通过机器人写稿一类的技术来完成现在记者所做的信息采集的工作,而把记者的双手和大脑释放出来,去做一些更深度的、分析性的工作。

但这种替代同样会遗留很大的问题，有人提出质疑：如果人工智能会越来越多地应用到报道中，取代记者做基本的报道，那么剩下的这一部分受过专业训练的记者该往什么方向发展？

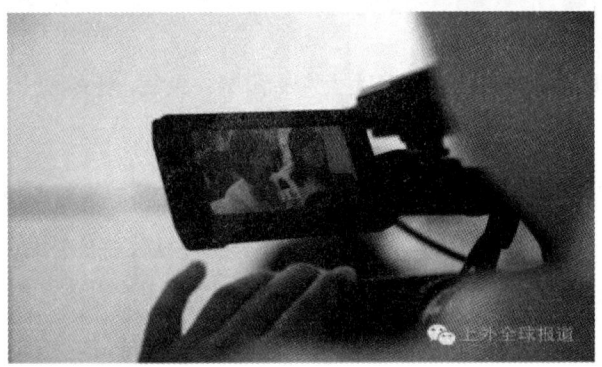

传统媒体 VS 新媒体

▶ 昨天和明天，到底哪一个更好？

讨论进入中后段，同学们从探讨技术对媒体行业的影响延伸到对整个媒体业态发展的判断，传统媒体在各方夹击下日渐式微，新媒体却看似蒸蒸日上，但新闻行业在未来的坚守又该如何实现？

何文琪：未来十年随着年轻一代进一步地成长，纸质媒体的应用会进一步降低，而数字媒体的应用会继续增长。

刘亦恒：有一个关于新媒体的观点是，传统的纸媒死了，但我认为其实不是内容死了，内容还是存在，只是换一种表现形式，希望未来十年的媒体可以引导受众而不是迎合受众。

任老师开玩笑地补充:"这位同学可能想做一个'贵族媒体',不论受众需要的东西是什么,我还是要提供我认为有价值值得看的东西。"

话说至此,曹老师转向刚才发言的刘亦恒问道:"有没有某种利益可以驱使媒体坚守价值?"

"靠新闻理想和情操,没有钱,可能吗?"

"或许一小部分人可以做到",曹老师冷静地说道。

海阳:大家都在说媒体的形式和内容的东西,但忽略了一个很重要的问题,那就是资金。为什么纸媒、电视媒体会死,因为卖不出去广告;为什么网红会火,因为有人会送礼物,他们找到了自己的赚钱方式。大家似乎觉得内容在娱乐化,但我们也看到了很多严肃的公共议题成为讨论热点,比如说今年(2016年)的魏则西事件第一篇报道就是由传统媒体发出的。大家对严肃议题都是关注的,但当我们在阅读报道的时候,有人会想到给作者打五块钱吗?有没有人告诉我们要怎么付十块钱来订阅这个杂志?没有人探索到一个更加有发展的盈利模式,最后真正釜底抽薪的就是资金。我更看好的是类似澎湃的模式,国家出资。

曹老师补充道:让政府出资资助一部分媒体,而且是优质媒体,让它能够活下去。

分层 & 联合

▶ 媒体的根本价值是什么,如何坚守?

孙一尘:十年后媒体的分层可能会更加强烈,有一些会更加娱乐化,另一部分可能还能保持对严肃议题的关注。现在媒体的分化已经有日益严重的倾向了。

冯诗豪:我认为未来十年的媒体发展主线应该还是"建立人与人之间的连接"。技术是时代给予我们的一个礼物,因为通过技术,我们有可能打破信息的壁垒。原先看似离我们很远或者无关的人和事可以走进我们的生活,这种点滴积累一定会改变我们的生活方式和思维方式。新闻行业的发展最后还是要回归新闻业的本质,讲人的故事，试图避免"人类来自同一个良心却各自藏起"的冷漠和隔绝，并且试图打破人们因语言、地域、文化种种屏障造成的阻隔，实现某种连接，而不是让我们的社会更加撕裂。

其他声音：

钱仪雯：之前在新闻博物馆看到的一个关于迫害新闻人的展览，有一面墙刻满了遭受迫害的新闻人的名字；我的希望是十年后能有一种更好的保护新闻人和新闻媒体的制度。

黄野：形式永远都是辅助的，新闻还是要聚焦在内容上，我现在更看好的是数据新闻（data journalism）；现在我希望以后媒体可以用数据去更加全面地呈现事实，然后准确地向观众表达观点，而不是让民众盲目地相信媒体。

宋碧云：我很希望未来十年，记者、媒体可以摆脱掉收视率和利润的枷锁。其实很多人在学习新闻的时候都是很理想主义的，但是我看到很多记者在工作了以后都是在为了生计而奔波。或许我们需要一种制度型改革，让媒体能真正去做他们想做的东西。

洞见 & 原则

▶ 拥抱未来的同时别忘记原则

IBM 2012 年做的全球统计，美国的国会图书馆总收藏量加起来还不到一个 billion 的数据，但是到了 2016 年，地球每一天产生的数据已经超过了 5 billion。

未来的媒体，势必无法摆脱大数据，super media 和 web 3.0 这些关键词。

两位老师在讨论中，一个判断未来，一个强调坚守，而未来新闻业大发展同样需要在大刀阔斧前行的同时把握底线。

任老师：我们访美期间，关于媒体的将来，美国有两个大新闻：version 收购完 AOL 之后收购雅虎，AT&T 收购时代华纳。假设收购成功了，也就是说流量商可以拥有很厉害的内容制作商。这就是我们在做的事情，Super media, big data, 也就是说我们现在到了一个时代，某些资讯垃圾也许放在另外一个地方就是宝贝，现在就是未来的一个桥接点，未来的媒体就是把内容变成数据，再把这些数据推送给需要的人。

曹老师：我又要来颠覆大家了，我们要把传统媒体的很多限制抛掉，你们自己来思考。在我看来技术决定媒体形式，媒体形式决定内容。本来没有媒体，最早有，就是因为有印刷术。

最早的报纸和今天的平面媒体不是一回事，有了电报，才有了新闻和通讯社，然后有了图片，有了照相术，才有了更多视觉的呈现，到有了电视，新闻业发生了翻天覆地的变化。这种变化从来没有稳定过。

在我看来你们真的要面对的是全新的世界。内容和形式的分离，我们可以做好内容，但不去管形式是不可能的，没有谁是只能做好内容的，你们必须去适应在新的环境下做出自己认为是好的东西来。但这个好的东西要大家都能接受，这个矛盾会非常痛苦，非常非常痛苦，一切界限全被打破了。但问题是有两条能不能守住？第一不做恶，第二不做假，在市场的压力下非常难，但这两条是守则。

絮语丨中国故事"写作指南"

记者：姜怡安　刘亦恒　鲁一冰

大家还记得我们昨天的华盛顿街头的中国印象吗？

看来媒体是外国人了解中国的主要途径啊！

然而，想要在美国通过媒体真正了解中国，路虽然不少，但是要走通这些路倒也并不是很简单呐！行路难！

▶路是依靠美国媒体来报道，然而美国自家家务事儿也堆积如山，要让他们不管自家事儿，来关注十万公里外的朋友家的事儿，显然这条路可行性不大，行路难！

▶求人不如求己，既然你没空过来关注，那我自己过来给你做个presentation总可以吧。但是不得不承认的是各国媒体在外国的收视率往往不尽如人意，要让外国人坐下来听你的presentation，这条路也不好走，行路难！

▶既然传统媒体的老路不好走，那么就换条新媒体的路总可以吧？可是，新媒体这条路的特点是投其所好。你喜欢走什么样的路，我就给你铺什么样的路。对于外国人而言，十万公里外的路认都不认识，又谈何喜欢，要铺成这样的路就更难了，行路难！

行路难，行路难！行路再难，我们也要想完成传播中国文化的光荣使命，中国媒体人还有漫漫长征路要走。至于这条长征路上的指导方针，很简单，就一个字，"软"！

什么叫"软"？用央视驻美首席政治记者王冠的话来说，就是"不要谈什么政治，把这个帽子去掉"，我们来聊聊那些好吃好玩、世界和平的话题。

壹 在这个吃货占领全球的世界，没有什么是一顿饭解决不了的事情。如果有，那就两顿。在之前的采访过程中，不少外国人都充分展现出了中国美食对他们的吸引力。这时候如果有一份精美可口的《舌尖上的中国》放在他们面前，想必来自五湖四海的朋友一定能拿起餐具好好聊天。

贰 如果说吃货是横扫全球的一股黑暗力量，那么唯一能够与之抗衡的，就只有对萌物的爱了。说到"萌物"，自然少不了我们的国宝熊猫。欲当国宝，必承其重。可爱的圆滚滚除了在动物园啃竹子睡觉，还活跃在电影院的大荧幕上，而且外交舞台上它们的出场率也不低。对于如此萌化了的物种，天真可爱的外国友人自然毫无抵抗力。

继往开来：
上海外国语大学多语种全球报道 2016 美国项目实践

叁 当然，作为一个拥有五千年文明的泱泱大国，我们不仅有精致的食物、软萌的国宝，也不乏壮丽的景色、激昂的音乐。习大大访问纽约期间，SMG 现场直播了三千人版的《黄河大合唱》。CCTV、《人民日报》等在国外新媒体平台上也会定期推送祖国的大好河山，收获了不少的点赞。

也许有人会说，我不是媒体人啊！我拍不出《舌尖上的中国》啊！我就是个普普通通的大学生啊，那我就什么也做不了了吗？NO！NO！NO!

壹 学好英语！英语很重要！虽然学校里老师已经碎碎念了无数遍，但如果和外国朋友聊天时，你不懂我，我不懂你，大眼瞪小眼，那场面就很尴尬了。

贰 了解外国文化，俗话说得好，"知己知彼，百战不殆"。学好语言只是非常基础的一步。要想让中国文化打入世界市场，我们还得对外国文化有所了解。

叁 积极传播本国文化。有了足够的知识储备，就需要实践经验的积累了。也许我们目前能够接触到的资源很有限，但不要放过每一个机会磨炼自己。主动参与国际交流，积极推广我国文化，随手转发正能量，也许这个世界就会因此有所不同。

新世纪的三好学生和五好青年们，只要你有志于为传播中国文化贡献自己的一分力量，就从我做起、从现在做起，乘风破浪会有时，直挂云帆济沧海！

特稿 | 走近犹太裔：上外全球报道团访问全美犹太人委员会

记者：白雪儿

当地时间 2016 年 11 月 1 日，上外全球重大事件多语种报道团师生一行访问了位于华盛顿的全美犹太人委员会（American Jewish Committee）。AJC 的工作人员给同学们介绍了该委员会在为促进全球犹太人以及以色列的生存发展方面所进行的努力。同学们积极提问，对美国犹太裔的生存与发展产生了新的认识。

据 AJC 亚太部门副主任 Nissim B. Reuben 先生介绍，AJC 作为一个非政府组织，主要在促进全球犹太社区团结，消除反犹太主义以及对犹太裔的种种偏见，促进各国和以色列的外交关系方面等起着重要作用。

AJC 的工作人员 Julle 告诉我们，由于历史上纳粹对犹太人大屠杀的原因，犹太裔始终有一种危机意识，推动着他们团结起来，争取自己群体的利益。这也是 AJC 存在的意义。

其后，同学们结合自己的关注点向 AJC 的工作人员提问。

上外新闻学硕士研究生张弛同学就犹太裔在美国的金融和传媒界不容小觑的影

响与美国尚未产生过犹太裔的总统形成的反差进行提问。AJC 的工作人员解释说，历史上尚未产生过犹太裔的总统是因为犹太裔的人口比例依然非常小，在投票中起到的作用非常有限。

阿拉伯语专业学生冯诗豪同学就 AJC 所关注的以色列在处理与阿拉伯国家关系方面的优先级提出问题。AJC 的工作人员回答道：巴以问题，和全世界犹太人的利益息息相关。AJC 认为现在值得注意的是如何在以色列人阿拉伯化的背景下，保持自己民族的文化；另外，伊朗问题从根本上改变了以色列和中东等同盟关系，同样是他们的关注重点。

上外广播电视专业学生白雪儿同学就 AJC 是如何展开消除反犹太主义的具体工作进行提问。AJC 的工作人员回答说，反犹太主义，尤其是在欧洲，依然是一个比较明显的问题，他们现在是通过各地的分支机构对一些特定人群展开对话，推动各地教育中融入促进种族平等的内容等。

另外一些同学从犹太裔与德国的和解对中日关系的启迪、美国犹太裔选民的身份认同问题等方面进行了提问。

此次访问，给同学们提供了一个走近和了解犹太裔的机会，同学们认为这次机会拓宽了眼界，收获颇丰：

▶ 黄野同学：采访了 AJC 的两位实习生，我发现来自不同的国家，不同种族，不同专业的年轻人对犹太人的权益促进着有浓厚的兴趣并愿意付出行动，十分难能可贵。

▶ 孙一尘：之前都是从教材、书本上了解犹太人的相关情况，这次访问使得我了解到许多第一手资料。AJC 提供了犹太裔的视角，让我能更好地了解犹太裔的问题。

▶ 栾春晓：之前也进行过一些对于中国境内的犹太群体的研究，但是对犹太群体的认识不会这么直观，这次了解到了很多犹太群体、组织正在关注的问题和努力的方向。另外，多接触各种各样的文化，也可以为我们以后的新闻学习，打下扎实的文化基础。

见闻｜在 AJC 实习的他和她

记者：黄　野

美国当地时间 2016 年 11 月 1 日，报道团成员有幸参观 AJC（全美犹太人委员会）。熟悉犹太民族或者常居在美国的朋友应该知道，在美国大城市纽约和华盛顿的街头，犹太文化影响随处可见。每年 11 月左右，犹太人家里庆祝光明节的犹太蜡烛台比圣诞树先亮起来。虽然 600 多万居住在美的犹太人只占美国人总数的 2.3%，但是 94% 的犹太人居住在 13 个关键州，选举中甚至会起到"四两拨千斤"的作用。

看一看厉害的犹太人

▸ 2016 年早期竞选总统的民主党候选人桑德斯就是犹太裔

▸ 先后出任尼克松政府和福特政府的国务卿基辛格

▸ 前纽约市长，彭博社创始人布隆伯格

参观期间不乏看到不少年轻人的身影，当走近与他们深入交流时，发现他们是来自世界各地的青年，不同肤色，不同种族，不同专业，却能相遇在位于华盛顿的一个组织实习。虽不一定都是犹太裔，但来这里实习或是工作的青年人都关心国际政治，中国、中东、东亚等国家和地区都是他们研究的对象，对跨文化有着浓厚兴趣的这群青年想要做好文化的传播使者，承担着 21 世纪国际青年所具备的使命感和荣誉感。

"他可是未来有机会成为国务卿的可塑之才"

——SMG 美国新闻中心运营总监任美星

目前就读于乔治城大学政治学的欧洲裔美国犹太人 Maxim Borowitz 就是他们当中的一个。虽然每天也只是做做翻译、文书的工作，但 AJC 依旧给他提供不一般的收获，他也依旧拥有满腔的热情。

"只有21岁的Maxism目前只是一张白纸,普通话也不是那么流利,但在如此小的年纪就对中国产生浓厚的兴趣并有所了解,确实不一般,"刚收其为徒并教授他传媒相关知识的任美星老师说道,"中美是两个大国,看看基辛格的故事,再看看他,其为人比较低调和中立,心术正,愿意学习,对中国文化感兴趣,愿意接受培养,对基辛格了解得很多,我就决定要好好培养他了,指不定就是未来的国务卿。"

"不是犹太裔,非国际关系专业,缺乏硬实力,我还能来这里实习吗?"

金昭利是来自韩国牙山学院的一位青年学员,刚过22岁生日的她回忆起在AJC实习的三个月,满满的都是感慨。"在这里实习我学到了太多以前不知道的知识,尤其帮我扫去了不少关于中东、犹太等地的理解盲区。之前我简单地以为你妈妈是犹太人,你就是犹太人,而通过这些会谈我才知道原来只要你信奉犹太教你就算是犹太人……而如果我没有来到过AJC我可能这辈子都不会知道这一点。此外,和另外21个同事共事,不管你的种族和身份,大家随时都能开放地谈论一个话题,这种感觉太妙了。"金昭利若有所幸地说道。

在华盛顿 AJC 拥有一百多个职位，金昭利是牙山学院的学员，这个学院和 AJC 有着较长时间的合作，她看到这个项目也非常感兴趣，便申请派到这儿来实习。学的是生物统计，要知道在 AJC 几乎每个人都有一个国际关系的背景，但她的专业背景与国际关系不是很相关，也依然可以申请。

"我很爱 AJC 的一点是你不需要依靠它，也不需要受限于它，它会给你最棒的资源去了解这个世界。最近会跟 AJC 外出访问，因为快到光明节会遇到很多犹太人，他们都会给我品尝很多我从未吃过的食物，糖果、苹果还有其他类型的果蔬肉类。就像是中国的春节一样，犹太人也有自己的节日，各种食物意味着一个硕果累累的新年。虽然不是犹太人，但当我自然融入进了一个新的文化环境当中，就好像已经成为一个犹太人，已经开始理解他们的文化。"

话题｜美国为何没有出过犹太人总统？

记者：冯诗豪　娄清卿

不容忽视的权重：美国大选中的犹太裔社群

2016年美国大选进入白热化的冲刺阶段时，联邦议员伯尼·桑德斯赢得新罕布什尔州初选的辉煌仿佛就在昨日。这位起初有可能成为美国史上第一位犹太裔总统的斗士最终还是没能进入大选决赛圈，犹太人出任美国总统的历史还在等待下一个书写者。

▲伯尼·桑德斯，美国佛蒙特州的联邦参议员

2015年4月30日正式宣布以民主党人身份参加2016年美国大选，后在初选中败给希拉里。

自美国建国以来，常有玄妙的说法甚或阴谋论声称犹太人在美国社会的金融、经济、娱乐工业、媒体等各个领域把控命脉，控制着整个国家的政经生活；但在现实的疾风骤雨中，操控这艘巨轮前行的人却从不曾是犹太人。

那么问题来了，为什么时至今日，美国历史上还没有出过一位犹太人总统？

其一，美国社会中的犹太人口占比较小，这使得这一群体在选举中，单就在"一人一票"的层面考量，完全无法占据优势。美国犹太人人口数总计不足600万，这与美国 3 亿总人口基数相比微乎其微，候选人很难以族裔为号召获得足够多的支持。另外根据皮尤中心 2013 年的一份报告，60% 的犹太裔成人大学毕业，其中 28% 的人获得了研究生教育。虽然犹太人普遍受教育程度较高，并在经济、文化、社会等方面有着极大影响力，但是这一社会精英群体的选择仍然受制于大众的决定。

▲以色列耶路撒冷哭墙，犹太教第一圣地。

其二，犹太人面临的信仰差异也是其当选美国总统的制约。在历史上，除肯尼迪总统信仰天主教外，其余总统均信仰新教。宗教信仰问题在大选中变得加倍敏感，就连伯尼·桑德斯当初在竞选总统时对自己的犹太人身份也是"犹抱琵琶半遮面"，尤其避免提及宗教或强调自己的信仰。

当代欧洲华人社会著名的时事评论员、国际政治问题专家宋鲁郑先生还提到，历史因素也是制约犹太人成为总统的重要原因。犹太人从长期以来的政治歧视与经济压迫中吸取了诸多教训，为避免成为众矢之的而更多从事法律、金融等相对疏离于政治中心的工作。这也是人们熟识的诸多犹太人精英，比如格林斯潘、默多克和扎克伯格等，更多地云集在商界和媒体界的原因之一。

美国犹太裔社区更偏向左翼吗？

历史上美国犹太人就有参政议政的习惯，21 世纪以来，犹太人政治参与度有了显著的飞跃。这是犹太社群作为一个外来族裔通过打拼获得美国主流社会认可的一个极好证明。

▲伯尼·桑德斯在艾奥瓦州演讲时，强调其所收到的350万美元个人捐款的平均值仅为27美元……

2016年2月，伯尼·桑德斯在赢得新罕布什尔州民主党党内初选后的演讲中追忆全家在纽约布鲁克林的艰难岁月时这样讲道："我是波兰移民的儿子，刚踏上这片土地时，我父亲不会说一句英语、口袋里没有一分钱。他每天努力工作，做到头发都白了，也没挣到多少钱。我与父母、兄弟住在布鲁克林的廉租房……我的父母都未曾料到，有一天，儿子能站在大家面前，竞选美国总统。"

由于美国犹太人普遍受教育程度高，在商界、文化界、艺术界精英辈出，他们整体更倾向于倡导平等、高福利的乌托邦理念，所以大部分人的政治立场更加趋向左翼。2000年美国大选时，民主党候选人戈尔得到了81%的犹太人选票，共和党的布什却只拿到了19%，然而这和普通美国白人几乎对半支持两党的比例相差已经很大。2008年美国大选中，奥巴马拿到的犹太人选票也是高达78%。

很多其他族裔在自身的社会经济地位发生实质性改善以后，政治立场都会转向保守。与此不同的是，美国犹太人通过奋斗成功融入主流社会中后似乎并没有剧烈地改变他们对民主党的支持。2016年大选，犹太裔名流如萨班、索罗斯、斯皮尔伯格等仍站在民主党背后。

犹太裔社区如何影响大选？

在选票数量有限的情况下，犹太人仍然可以运用各种机制来影响美国的国内和国际政策。

首先，政治捐款是影响大选情势的一个重要手段。据一项美国犹太人媒体的调查，2016年大选中，共和党和民主党从犹太社区获得的政治捐款比重分别是25%和40%。

另外，以色列的游说机制也是享誉世界。美国犹太人协会（American Jewish Commision）的助理主任 Benjamin Rogers 表示，AJC 的专家和工作人员们会经常争取接触决策者的机会，有时还会利用私人关系向政府和国会发起游说。

同时，面对犹太社群关心的不同问题，他们也会寻求不同的合作对象来解决。比如，民权问题上犹太人团体会与非裔结为盟友。美国犹太人协会（AJC）的 Julie 女士解释道："因为犹太人和非裔美国人在美国社会中都是很小众的群体，同时也都面临着民权问题，所以这种相似可以让两个社群联合起来一同向政府游说。"

絮语 | May this Pain Never Wear Off

记者：栾春晓

I figured that a mixture of sorrow and anger on Holocaust was reasonably expected when I visited the Holocaust Memorial Museum at Washington D.C., yet instead, the first thing I noticed about the exhibits in was the surprisingly vanguard fashion sense of the Jews. (NO joking intended here.)

Let the exhibits speak for themselves: from left to right, what's your best guesses as to what is each of the items for? Isn't that the must-have lace-up ballet flat that went wild last summer in the middle? And the one on the left, definitely looks like vintage tinted contact lenses. Last but not the least, the one on the right is of course the trendiest accessary element, tassel. The Jews' ahead-of-time fashion senses in 1930s shall fail to impress no living soul.

However, all the items above are no symbol of vogue but relics of a grand genocide, Holocaust, in which between 1933 and 1945 Adolf Hitler's Nazi Germany and its collaborators killed about

6,000,000 Jews

including

1,500,000 children

(Harsh truth time.)

The first item, which looks like a collection of tinted contacts, was actually one of the measuring tools the racial specialist used to examine eye color in order to determine individuals were racially "Aryan" or "Jews".

The one on the right was employed by the specialists for the same purpose and was to examine the hair color.

The one in the middle belonged to a starving Jew who were persecuted during the tragic time and therefore the shoes had nothing to do with trend-chasing but everything to do with distress.

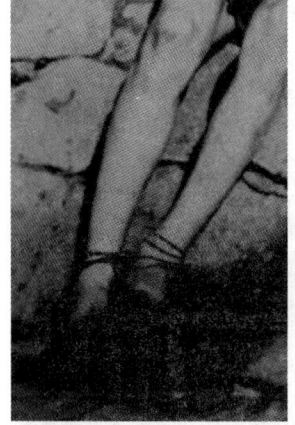

It's within human instincts to seek forgiveness and get over with remorse and yet some pain should never fade. We learn, by feeling and honoring the pain. Tangy and upsetting as they might be, some memories are supposed to be refreshed constantly and some historic wounds need to be re-opened and examined over time. And the duty to keep mankind reminded of their hostile mistakes falls mostly on museums.

And here comes the a-million-dollar question, we see and we read for sure, however, how can we feel in museums? The United States Holocaust Memorial Museum turns in a fairly satisfying answer.

Stories are told not only by the exhibits and the historical documents, but also by a 90-year old survivor, whose silver hair shone in the sunlight. She told the visitors, including several children, the indelible memories about the tragedy would always weigh on her heart.

085

From the eyes of the children who were listening to her narration carefully, I see something called "empathy", a precious quality to have as a caring human being who is less possible to repeat the mistake.

As a saying goes, deaths of a million is merely a number while the story of one death is a tragedy. The visitors started their tour in the museum by entering into a prison-gate-looking elevator, randomly picking one ID card from the sides, which is a brilliantly designed touch that gets you right in the mood.

With one flimsy little card, you develop a connection with a real person who suffered during the holocaust decades ago. The victims are no longer a fuzzy image of a crowd to you, instead, it's this person, named Fryda Litwak who was born in Poland now held in your hand. That's how the pain stops being an abstract concept and reaches the bottom of your heart.

Only when your are touched by the well-organized details, full of humanitarian elements, can the rest of the tour really mean anything to you.

A transparent hallway with the names of victims etched into the glass walls;

A shaft made of pictures of Jews who lived between 1890 and 1941 in Eishishok, now Lithuania;

An iron cage of pictures of Jewish families and children who looked just as happy as any modern family;

A model of the gas room persecution, where the Jews were selected to die. They were first told to line up and get into the room underground to take a shower, with no idea what was waiting for them.

Since you already build a subtle connection with real people who lived through the holocaust in the beginning now all these tortures they once suffered are more than just historic facts to you, but something unjustifiably horrible that can happen to this person you just got to know and furthermore anyone you ever know.

That's how you can really feel a pang in your heart and that's how the museum personalizes the pain and embodies the tragedy.

And in the end, after witnessing one of the worst mistakes in the human history, we all need to ask ourselves the question again:

What is your responsibility

now that you've seen

now that you know?

NEVER AGAIN !

视界 | From Shanghai to Washington: In Memory of Jews in WW II

记者：理 智 孙一尘 海 阳 覃锦华

▶During the second world war, six million Jews were killed. However, over 20,000 Jews had their lives saved and were taken care of in the oriental city, Shanghai. In the holocaust museum in Washington D.C. the relation between Jews and Chinese people were kept and the memory is renewed almost a century after the horrendous war.

视界｜走进美国国家航空航天博物馆——来自世界的声音

记者：余 穰 陈栩伊

▶美国国家航空航天博物馆是世界上最大的飞行博物馆，24个展厅陈列着人类飞行史上具有重要标志性意义的各类飞机、火箭、导弹、卫星、飞船及著名宇航员、科学家的蜡像和各类器物。据馆内工作人员介绍，每天都有来自世界各地的游客以及美国当地民众前来参观，馆内提供包括汉语、阿拉伯语、日语、德语和法语等各语种的导览地图，观众覆盖各个年龄段和职业，月平均接待游客达10万人次。我国航天英雄杨利伟也曾在2004年到访该馆。据说航空航天博物馆是各地游客来到华盛顿必去的一站，并且大部分前来的游客都对航空航天知识充满兴趣。

李幸呈 / 中国游客

来这里主要是因为国内前两天刚刚发射了这个空间站嘛,另外一方面因为我自己是做教育的,然后我也想看看如果以后我带着我的学生来的话,哪些地方比较合适。

David Burton / 英国游客

我很喜欢这些,我看书,我去博物馆,在英国的博物馆会展出如今仍然能飞行的二战战斗机,这个叫作帝国战争博物馆。当我是小孩的时候我住在伦敦,我朋友与我骑着车去帝国战争博物馆,我们常常看那里的飞机,这可能是我兴趣的来源。

▶当谈及对中国的航空航天事业的看法时,参观博物馆的游客们抱有不同的看法。

李幸呈／中国游客

其实我们（中国）已经进步很快了，但就是说从批量的角度或者说从回收的角度可能我们（相比美国）还是要多努力一些。

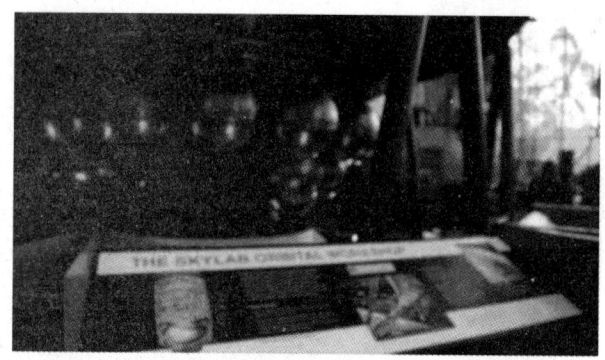

David Burton／英国游客

我觉得中国变化急剧，因为中国内部保留很多信息，而新闻突然出现的时候，你会觉得，哇，我都不知道这存在，或不知道这有可能发生。确实我们需要有国家来生产这些，这对人类有好处，百利无一害……技术上，总是听说中国出了新的技术，这太惊人。

▶英国游客 David 的回答代表了一部分西方民众对于中国航空事件的态度。中国的高端科研技术一直以来被作为国家最高机密保护，外国民众并不了解中国科研的发展进程，中国在航天领域取得突破的新闻则不太被一部分外国民众相信。（插外媒新闻评价插图，翻译评价）来自美国的游客 Ted Goodlin 为美国联邦航空局工作了四十年，与其他游客相比，他对于航空航天行业有着更深的情感和了解。

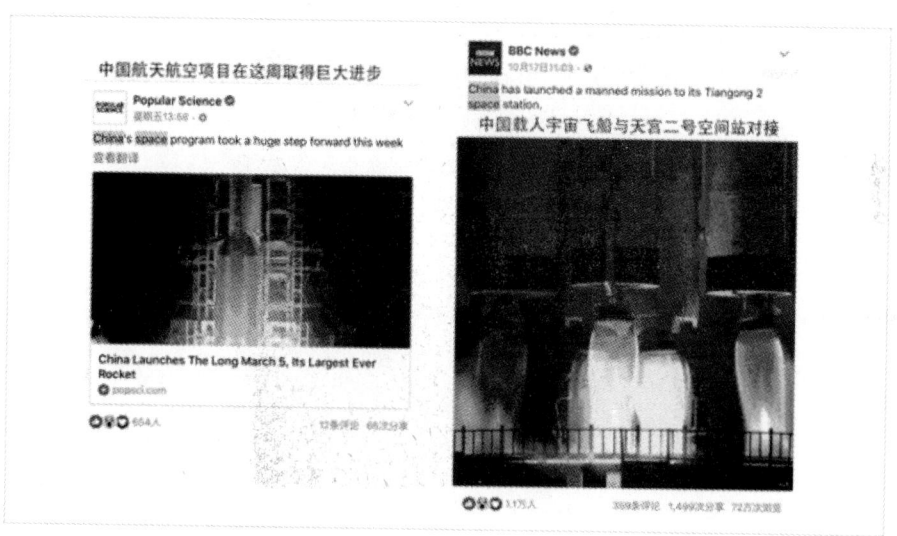

Ted Goodlin ／美国航天局工作人员

这是为联邦航空局工作四十年的勋章，这些都是美国的主要航空公司。我与中国的代表团会面过很多次，大概有 6 次，我没法评价中国的技术因为我不太懂这方面，我知道他们和我们一样有一个庞大的航天体系,并且他们在安装很多我们已经有的或准备要安装的技术,所以中美的空间技术与其说不同,不如说有更多的相似之处。

▶中国与美国在航空航天领域并不相悖,当中国成功发射神舟十一号的新闻通过外媒发出,很多国外民众对于中国在空间站建造上的努力都持肯定的态度,并且呼吁美俄中等航天大国为人类事业共同努力。空间站的建立,对于科学发展、医学突破、人类生活水平的提高都有极其重大的意义。期待在不久的将来,我们能够看到各国在航空航天领域为了人类的共同利益,共享技术,共破难关,共建家园。

幕后｜两个航天迷的 NASA 之旅

记者：金元敬　魏　澜

▶ 相信很多男孩子从小都有一个航天梦，直升机、战斗机、宇宙飞船是他们心中永不泯灭的梦想。这不，这次报道团来到了位于华盛顿的 NASA 博物馆，姜大爷和卷毛简直乐开了花。

特稿 | 美国路边小吃摊原来长这样

记者：汤怡文　栾春晓　姜怡安　刘亦恒　娄清卿　白雪儿

每到中午午餐时间，华盛顿马里兰大街总会出现这样一幅热闹的场景：明媚的正午阳光下，穿着干练的年轻商务精英们成群结队涌向路边摊一条街，一条被各国各色美食餐车装点得五颜六色的美食街。

哪家餐车生意最好？全美被粉丝追着跑的炸鸡是怎么炼成的？老板英语蹩脚如何跟老美做生意？上外全球报道团直击一线，为你一一揭晓。

一盒颠倒美利坚的炸鸡

有的餐车或许还在为生意担忧，但马里兰大街上有一辆餐车却是被全美粉丝追着跑的——Roaming Rooster 炸鸡餐车。

"我的餐车每天地点都不确定，我会在 Instagram 和 twitter 上发布自己的定位，粉丝们就会闻讯前来。"Roaming Rooster 创始人 Mike 自豪地说。

不同于连锁式快餐品牌，Roaming Rooster 是 Mike 的自营品牌。正因是自创品牌，Mike 对自家炸鸡的每个环节都是高标准严要求。首先从源头抓起，选用华盛顿周边农场的散养鸡，这样的鸡肉比起工厂化养殖得更加紧实多汁。

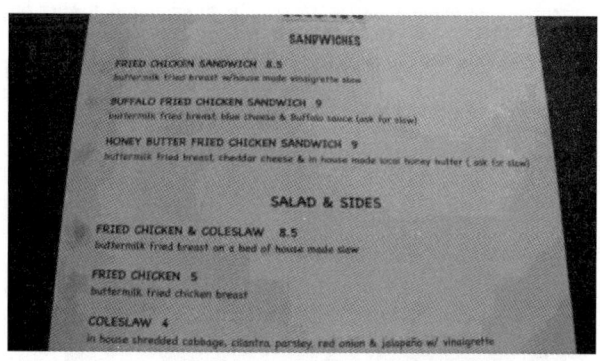

其次，裹面包渣的手法、用量 Mike 都有自己的讲究；最后最最重要的一步，就是他的秘制酱汁，其中最有代表性的就是蜂蜜芥末酱，蜂蜜的柔滑甜蜜中和了芥末的香辛，又抵消的炸鸡的油腻，让人欲罢不能。

报道团成员探访当天，所有餐车还在忙碌营业，而 Roaming Rooster 已经售罄，餐车门口还排着长长的队伍，食客们连连感叹惋惜。目前 Mike 已经拥有了 3 辆属于自己的炸鸡餐车，用心做好一份炸鸡的他，梦想有一天能用这份炸鸡收服全美吃货。

把"星你"标配搬上美国大街

长相帅气的韩国小哥，笑起来总是很迷人。殊不知这张年轻的面孔却是已经开了十年餐车的"老司机"。在这十年间的大多数日子里，他开着他的餐车在"全美境内"兜兜转转，而如今，每周一上午十点半，这辆餐车都会准时停在华盛顿的马里兰大街，直到下午两点半离开。招牌上的韩国炸鸡赫然显眼，这一充满异域特色的口味在众多欧美风情中格外出挑。正因为此，也吸引了不少路过的食客前来品尝。"很想换换口味"，一位正在等待着午餐的女士充满期待地告诉我们。送上刚刚出炉的炸鸡、附带一个大大的微笑，韩国小哥送走最后一位顾客后缓缓驾车而去。对他而言，明天，又是一个不同的地方，不变的只是他的炸鸡和他来自亚洲的微笑。

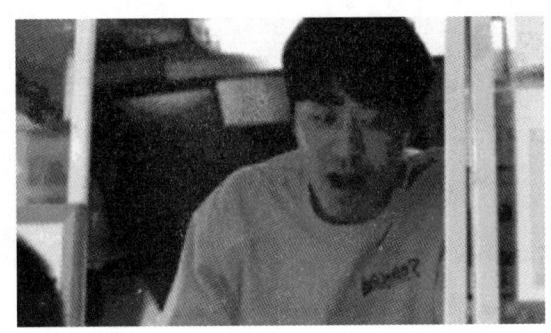

也许是英语最蹩脚的餐车

他也许是整条街上开餐车里英文最差的了。他来自印度，在这开了三年餐车。也许是英文不好的缘故，在和我们交流时，他总是有些腼腆。但当聊起他的食物时，整个人顿时轻松起来，连说带比划地向我们介绍来自他家乡的食物：鸡肉、牛肉、猪肉、蔬菜等等各种食材以及一张热气腾腾的馕饼。在他身后的母亲英语要比他好一些，时常充当翻译。他每烘好一份馕饼，母亲就顺手接过，小心翼翼地包裹好，递上秘制的酱料。每当没有顾客的时候，不同于其他车主会积极地叫卖，他只是默默地收拾着各种食材，而母亲就在一边，静静地等待着下一位顾客。

当拉美慢节奏遇上美式快节奏

来自委内瑞拉的 Farid 一年前来到了美国。他曾经期望获得一种新的生活方式,而在美国的华盛顿哥伦比亚特区,他找到了属于自己的宁静与平和。

炎热的赤道塑造了拉丁美洲人热情善良的性格。Farid 在完成自己工作的同时,向我们耐心细致地讲解了自己的生活。"从决定开始一段新的生活起,到后来得知姐姐在美国开办餐车,我最终决定了在美国也购买一辆这样的餐车,亲手制作并售卖委内瑞拉特色的食物。我现在做的快餐其实可以将拉丁美洲独特的慢节奏生活态度融入美国人快节奏的生活之中。"

委内瑞拉的玉米饼口感松脆、色泽金黄,经过烤制和油炸后可以作为三明治的材料,是每一个想要体验热带美食的食客都不可错过的。无论是做成经典的鸡肉卷饼,还是经过改变与其他快餐种类结合,玉米饼在委内瑞拉厨师手中总能够变成花样繁多、口味丰富的美食。

食客们在 Farid 的餐车前来来往往,行色匆匆,很多人都非常喜爱他烹饪的味道。

面对食客们的不同选择，Farid 会细致地讲解，耐心地询问，温和地微笑，使人们在收获味蕾享受的同时，又被他真诚的态度所感染。在万圣节前夕，当 Farid 被问及庆祝万圣节的习惯时，他说过去居住在委内瑞拉时，万圣节并不是他们的传统节日，所以几乎没有人会过万圣节。但随着文化的交流与融合，他偶尔也会跟随潮流庆祝这个节日。今年他身在美国，一定会入乡随俗，和家人一起享受万圣节的快乐。说到这里，Farid 又展露出拉丁美洲人独特的热情：“我很喜欢美国的生活，在这里，我能够将美食和文化一并带给大家，这样的生活对我而言既充实又宁静。”

来自夏威夷的炸虾"清流"

金黄的大虾，浇上薄薄一层橄榄油，在阳光下闪闪发光。咬下一口，首先是被烫到了。其后，唇齿间马上被虾的嚼劲、芝士的柔嫩、蒜的香酥所占据。橄榄油给予了它独特的夏威夷口感，清新又有些许油滑。

餐车外面橙色的背景，加上大大的 LOGO Hungry Heart（餐车名字）字样，大概给了人们一种心理暗示：仿佛可以真的感受到自己一颗饥饿的心在怦怦跳动。老板给驻足的食客递上试吃小碗，里面盛着的，正是店里的招牌菜，夏威夷香蒜虾。

一位老板的朋友来探班，向报道团成员介绍，夏威夷香蒜虾，是菜谱里他最喜欢的菜，因为虾的肉质特别鲜嫩，量也给的很大。

香蒜炒虾是夏威夷瓦胡岛北岸的著名小吃。当地水质清澈，有很多鲜虾养殖场，因此蒜香虾这个美味可口的小吃，是从这里传播开。

餐车的老板是亚裔美国人，出生在夏威夷。他说，自己十分热爱夏威夷文化。现在到华盛顿来，就开了一家卖夏威夷美食的餐车，他想把令自己骄傲的夏威夷美食介绍给更多的人知道。

老板会拿出一些不同的食物小样给在餐车前驻足的人品尝，许多人尝过了小样以后，就不再犹豫，决定掏钱去买一份夏威夷美食。

FEATURED | Food Trunks Bring Global Cuisine to American Streets

Reporters: Tang Yiwen   Luan Chunxiao   Jiang Yian
Liu Yiheng   Lou Qingqing   Bai Xueer

Everyday around lunch time, smartly-dressed young business elites will be flooding to a food trunk street on Maryland Avenue, where food trunks featuring different cuisine styles and various culture backgrounds line up to serve lunch hunters.

Which food trunk is the most popular? What's the most-loved fried chicken look like? How does a owner get around with little English skills?

Home-made Fried Chicken Wins over Fans Everywhere

Some trunks might still be worrying about soliciting business while one of them has fans chasing it down all over the country. Roaming Rooster fried chicken, the most-loved trunk of them all.

"I don't have a fixed location. I post where I would be on Instagram and Twitter everyday and the fans will follow my trunk around," Mike, founder of Roaming Rooster said with pride.

A most-loved fried chicken starts with ingredients selection. Mike insists on using only Range chicken, which means the chickens are raised in a farm instead of a factory and hence the meat will be juicer and with better texture. And more importantly, Mike has a secret recipe for sauces, the most signature one of which is honey mustard.

The day when SISU global reporting group visited the food trunk street, Roaming Rooster was sold out when the other trunks were still trolling for customers. Waiting in a long line for the entire noon time,

Roaming Rooster fans signed with great disappointment when informed that the last fried chicken was just sold.

Korean Fried Chicken & Beer Takes American Street

The handsome Korean is always with a big smile. Compared to his young appearance, he has run the food truck for ten years. During the most time in the ten years, he drove his truck "everywhere in the United States". But now, he parks his truck in the Maryland Avenue, Washington D.C every Monday, from 10:30 to 14:30. The Korean fried chicken and beer are quite conspicuous, and attract many pedestrians to have a try. A lady who was waiting for her meal told us: "I'm looking forward to taste something different." Bringing a fried chicken, with a big smile, he finished the four-hour business, driving away slowly and peacefully. To him, there will be a new place tomorrow, but what remains are his Korean fried chicken and beer and his typically Asian smile.

The Worst English Speaking Trunk

Maybe he speaks the worst English among all the owners of food trucks. He is from India. He has run the truck for three years. Perhaps because of his poor English, except taking orders, he seldom talks with customers. He was also very shy at the beginning when talking with us. But when it came to his food, he relaxed a lot, and introduced his hometown food to us with both words and gestures. Standing behind him, his mother speaks English a bit better than him. Therefore, she always acted as a interpreter of him. Once he finishes a set, she carefully wraps and then gave it to the customer, with the special Indian sauce. When there is no customer, different from others' hawking, he just settles his food quietly and she just sits aside, waiting for the next customer graciously.

Venezuelan "slow" Blends into American "fast"

Farid, a Venezuelan immigrant, came to Washington D.C. a year ago and started his life in the United States in pursuit of a new way of being. Now, he finds his own tranquility and happiness in this country.

As is known to all, the Venezuelans are born with hospitable personalities, in the heat of the tropics. Farid kept answering our questions when he was busy with his work, and detailed his life from Venezuela to the United States.

"My sister owned a van like this, which inspired me to cook and sell typical Venezuelan foods to local people as well in Washington. What's more, by the fast food I make, the Latin American culture of quiet life can be perfectly combined with the rapid pace of life in the U.S."

The Mexican tortillas are crispy in texture and attractive in color. After being fried, they can be used as part of a sandwich, which definitely is something delicious that nobody should miss. No matter set in a typical form with chicken or in other forms, the tortillas are always great choices in choosing a kind of Venezuelan food. The passersby come and leave in a hurry, but they are willing to stop for this delicacy. If they are not sure about which flavor to choose, Farid will always recommend to them according to their preference with patience, smiling warmly. For this reason, the customers can receive both a kind of delicious food and a good mood.

On the Halloween Eve, when asked about how would he celebrate the Halloween, Farid said it is not a traditional holiday in Venezuela, but with the growing communication and integration between different cultures, sometimes he would learn to follow the trend. This year, he said that he would definitely celebrate this special day with his families. Just then, a typical Venezuelan smile appeared again on his face. "I love my new life here, for I enjoy bringing delicious food as well as different culture to other people. And the life here, without doubt, is substantial and sedate for me."

Aloha from Hawaii

Sprinkled with olive oil, the shrimps glitter in the sun. Take a bite and be careful not to burn your tongue. The chewy stuff covered with tender cheese and crispy garlic will soon occupy your palate. The smooth and brisk taste of olive oil adds to it a peculiar Hawaiian flavor.

The food truck's appearance, which assorts the logo Hungry Heart with an orange underpainting , might gives people a hint that your hungry heart is actually flipped.

As we popped by, the owner offered us a sample of its specialty, Hawaii Garlic Shrimp.

A friend of the owner happened to pass by. He said, his favorite dish of the menu is Hawaii Garlic Shrimp. Because the dish would have a lot of high-quality shrimps.

Garlic shrimp is a famous dish origin to the northern coastlines of Oahu, an island of Hawaii. The clean waters there is home to many shrimp farms.

The owner, an Asian American born in Hawaii, loves Hawaiian culture so much. Now he drives the food truck everyday across Washington to sell Hawaiian food. He said the he wanted to tell others how delicious Hawaiian food is.

The owner will give those who pops by a sample of food to taste. Many no longer hesitate to buy a portion after trying.

Around 2 o'clock in the afternoon, the owner was about to leave. He saw us still there and then gave us a pasta as a present. He told us that it was one of his favorite Hawaiian foods. Every Hawaiian lunch can't go without this pasta.

(The pasta was saturated in olive oil and salad sauce, scattered with carrots and greens.)

人物 | 流浪乐手：一直在路上

"我只愿与音乐为伴，而非和名利共舞。"　　　　　　　　　　　——约翰
"生活有时轻松，有时不易，唯独音乐一直在我身边。"　　　——诺曼

弗吉尼亚的"行吟诗人"约翰

在乔治·华盛顿大学校区前方的地铁站口遇到约翰，当时是下午五点左右，碰上晚高峰，加上又是交通要地，来来往往的人很多。他出现在我们视线里时，斜挎着吉他，对着话筒，正唱着20世纪非常流行的《加州旅馆》。身体随旋律有节奏地摆动，手指拨弄着琴弦。一曲终了，身边人群匆匆走过，约翰弯腰拾起水瓶，小酌一口润润嗓子。我是在此时上前，和他聊了几句。

约翰是土生土长的美国人。生于马里兰州乡间，2012年来到华盛顿打拼。他17岁才拾起吉他，现在已经34岁了。他说，17岁那年他正青春，浑身能量，却没有地方倾诉。他希望自己有更多真正的魅力，能更好地表现自己。因此他拾起了吉他，自学成才，独自演奏。他说，一旦拿起，就再也放不下了。

从学校里毕业出来后的10年内，他一直做着蓝领工人，打过零工、除过草、装过太阳能、端过盘子。直到这两年，他才更专心地从事他所喜欢的艺术行业，虽然现在挣得和端盘子时差不多。但他坚持，"音乐和名利各站一边。我只愿与音乐为伴，而非和名利共舞"。

对于未来，约翰并没有特别多的规划。他希望能够找个餐厅的兼职以增加收入，但他也会在街头继续他的表演。他是个独立音乐人，平日会谱曲作乐，音乐之外，他还在创作视觉文学。在结束一天的表演回到家后，约翰就开始了他的插画事业。他说："等有了精力和足够的钱，我会出版我的作品。"

来自南美的街头诗人诺曼

诺曼说，在他的国度，他是专业的音乐家。他说，他曾去过欧洲、亚洲和南美的其他国家；他说，他有个小型乐队，在世界银行、在华盛顿地区的博物馆以及在肯尼迪中心都表演过；他说，音乐是他的生命，因此必须是纯粹的。他操着带有浓浓拉美口音的英语，有时会受西语影响而词不达意。但他说，音乐就是世界通用语言，"音乐在，交流就在"。

第一次见到这位街头艺术家诺曼是在全美犹太人委员会办公楼下。寒风瑟瑟中他疲惫的脸孔缩在棉外套和长檐帽里，耸着肩膀，手上随意地拨弄着几个和弦。清冷的单音奏响在萧瑟的秋意里，听来竟与周遭颇为搭调。见我们走上前来他礼貌地报以微笑，然而神色中分明有几分戒备，"请不要拍照，这是我的隐私"。

机缘巧合，第二天中午，我们在世界银行附近与正要去赶公车的诺曼再次不期而遇。这次的他，欣喜的神情替代了原本的戒备。停下脚步，特意为我们弹奏了一曲。他紧紧抱着的那把尤克里里，几经修补，几经易弦，色泽依旧亮丽，音色依旧清脆，从中流淌出的乐曲，穿透了秋天的寒意，温暖了华盛顿冰冷的砖瓦建筑。

"生活有时轻松，有时不易，唯独音乐一直在我身边。""我所做的，就是在心中，让音乐奏响。"

临走前，听说我们来自中国，他还特意地招呼道："中国，棒！"

在路上

音乐是世界语言，音乐超越国界。音乐只有类型之别，没有对错之分。音乐是心中的阳光，也是不可多得的财富。就算一个人现实境遇再不济，就算他一贫如洗、家徒四壁，有了音乐，他也是幸运的，他也是富有的。从这一角度来说，每个人在音乐面前都是平等的。

项目成果展示

在走访美国的这些日子里,我们见过更多像约翰和诺曼这样的音乐人。

宾州州立大学商业街边,女孩在鸣笛声中弹唱;坐满十万人的体育馆外,乐队在开瓶声中狂欢。一对老年组合,为了鼓励女性投票,特意从外州赶来,免费献唱……

这些人身上充满了对于音乐的热情和执着。他们年龄不同,也有各自的职业,但爱借音乐彰显个性、表现自我。他们身处不同地点,有着不同现实诉求,却爱把自己的意见当成主流,想把自己所推崇的东西分享给世界。

就如约翰,他靠卖艺谋生,按理说听众是他的衣食父母,他应该投其所好。然而他所奉行的音乐风格在当地并不受待见。为了维持生计,当然更为了能坚持自身的理念,他只得起床更早、收工更晚。他努力在出世和入世间寻求平衡,在现实和梦想中找到自我。这样的故事还很多。谁也不能确定他们所说的是否真实,他们的人生是否如所说的那般五彩斑斓。就如约翰在书里所写,"肉身在此岸停歇,而灵魂早已四处流浪"。

见闻 | 探访华府街头"菜市场"

记者：海 阳 孙一尘

你也许见识过上海七浦路上充满烟火气的摊头市场，但可曾想过会在距离白宫两个路口的第23街上邂逅一堆从农场直达，散发着泥土清香的花椰菜？在FRESHFARM组织的牵线搭桥下，首都特区附近的农户得以越过中间商，直接在总统府邸前搭起了卖蔬菜的帐篷，而华盛顿的居民们也乐意购买看得见来源的食材。我们几位记者也买了一袋苹果，味道相当不错呢！

VOICE | Can Social Media Drive Young People to Vote?

Reporter: Huang Ye

Undoubtedly, social media plays a substantial role in the 2016 presidential election of the United States. Even young people who don't behave actively in politics before pay their attention to this year's election.

▲ PHOTO VIA GETTY IMAGES

"I was in high school when the previous presidential election was held in 2012. It seemed to me that there were few young people acting very passionate in politics. But this year witnessed a different situation. Social media had definitely created a new way for young people to get involved in political events." said Jason, a sophomore student of political science at the Pennsylvania State University. " He added that many young people were eager to learn about what was going on in this country and share their opinions on certain political issues relating to the nation's future.

▲ Jason, sophomore, Penn State student

"This year's election is quite beyond our expectations since we have to choose our next president from two usual candidates. I think social media such as Twitter and Facebook has left strong influence on people, especially young kids," said David, a 19-year-old student of Penn State. "No matter what does people say, the youth tend to believe."

▲ David, 19 years old, Penn State student

But does believing mean taking action to vote?

"I do believe social media's huge role," said Henry, a senior student majoring in economics from Georgetown University. "But I still keep my habit of reading newspapers like The New York Times and listening to radios like NPR since posts on social media are usually unreliable without truth and references."

▲ Henry, senior student, Georgetown

Just like Weibo Trending Topics, Facebook has a News Feed Ranking. According to Adweek, every time someone you know likes, shares or comments on a post, it is ranked and has a greater chance of making it into the News Feed. To help boost popularity, a notable way of manipulating the system is through buying "fake" likes or followers to interact with pages and posts.

According to Business Insider and experts from Vocativ, just 42 percent of Trump's 1.7 million Facebook followers are from the U.S., and many originate from countries known for the phenomenon of "click farms." As for Hillary, she has a larger proportion of likes in Baghdad where many false accounts, liking and interacting lie.

Sam, a 19-year-old girl from Penn State said that admittedly social media plays a vital role in election, but she just pays little attention since she doesn't care who wins, thus she doesn't have opinions either way.

"There is one important reason that might explain why few young people choose to vote, especially Asia Americans. It is so-called social exclusion or political exclusion." said Yin Siyu, a student from Georgetown. "Once person who they vote doesn't come to reality, then no one is going to listen to them. If you make them identified exactly, they may be afraid of being tracked, then it could be a problem."

见闻｜聊一聊总统大选电视广告

记者：钱仪雯

电视竞选广告是美国大选期间的一道独特风景线，由竞选政党或相关利益团体制作并投放，一般分为总统候选人广告和议员选举广告。今天我们主要来聊一聊总统候选人广告。

和普通广告一样，优秀的竞选广告引人深思，能够提升候选人在选民中的印象分，甚至改变选民的投票行为；而一则糟糕的竞选广告则可能弄巧成拙，反而为对手献上一计完美助攻。无论如何，在喧嚣复杂的大选期间，观看两党阵营如何变着花样讨电视机前的选民们欢心，可谓是大选季有趣的余兴节目。

一、正面广告（Positive ads）

电视竞选广告又有正面(positive)与负面(negative)两种类型之分。在大选初期阶段，民主党与共和党两大阵营以向电视台投放正面广告为主。今年的总统大选也不例外。正面广告的主角自然是候选人本人，主旨可以概括为"我有多棒/我的主张有多棒"。举个例子，分别来看一下 Hillary 和 Trump 两大阵营的正面广告各一支。

先看 Hillary for America 阵营出品的 *The Story of Us* 是怎么做的：

首先要笑得亲切——

▲来源：Hillary For America 竞选广告 *The Story of Us*

信息：工薪阶层的好朋友－LGBTQ 群体的好朋友－女性的好朋友－非裔的好朋友－小朋友的好朋友

▲来源：Hillary For America 竞选广告 *The Story of Us*

和总统也关系不错

▲来源：Hillary For America 竞选广告 *The Story of Us*

快投我一票啦

▲来源：Hillary For America 竞选广告 *The Story of Us*

再看以下这则 Trump 的正面广告 *Two Americas*，当中呈现了一些经济主张：首先也是笑得亲切——

▲来源：Donald J Trump for President 竞选广告 *Two Americas*

一组理想化前景：支持中小企业、加薪、就业岗位、减税

▲来源：Donald J Trump for President 竞选广告 *Two Americas*

其实这支广告只能算半正面，毕竟 Trump 阵营也没忘在这支广告中踩 Hillary 几脚。广告用暗色调对比呈现了 Hillary 经济主张将带来的可能后果。

二、负面广告（Negative ads）

与中规中矩的正面竞选广告相比，负面广告就更有看点了。负面广告又称攻击性广告，当竞选活动进行到后期的白热化阶段，选民们也已对候选人的基本主张有了大致印象，要怎么才能最后发力，争取到更多选票呢？

正如丑闻永远比美闻传得更快一样，将对手的缺点暴露在公众面前要比一味为自己贴金更具话题性、更令人印象深刻，因而也更有影响力。虽然攻击性广告一般被视为靠贬低他人上位的掐架手段，但其中也不乏颇具观赏性之作。

据大选广告研究网站 SPOTCHECK 的实验结果显示，2016 年 12 支"最有效"大选广告中（根据实验对象观后反应评测选出），负面攻击性广告占了 8 支，纯粹的正面广告则只有 2 支。

三、民意观察（负面广告）

那么，对于这些抬头不见低头见的负面竞选广告，美国选民们究竟是如何看待的呢？他们真的会因为这些隔空掐架而改变心意吗？最近，我们挑选了民主党与共和党阵营传播度较广的负面广告各 1 支，邀请 3 位政治立场各不相同的美国选民观看并谈了他们的感受。

1. 民主党的负面攻击广告：*Role Models*

Role Models 在不到 1 分钟的时间内呈现了孩子们在听到 Trump 一些争议性言论时的反应，前 40 秒内除了 Trump 本人原声外没有一句旁白或台词，显然是以儿童家长选民为目标人群的心理战术。

孩子们的眼神与面部表情充满了整个画面：

▲来源：Hillary For America 的竞选广告 *Role Models* 及采访现场照

Trump: "…and you can tell them to - - - - themselves."

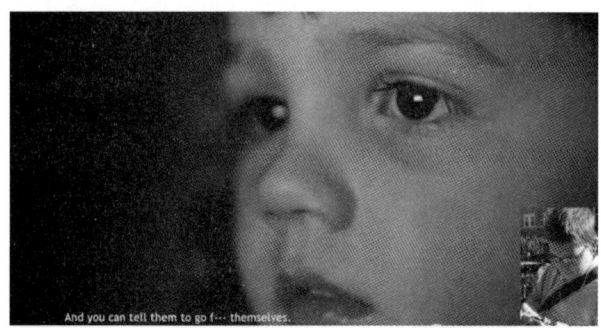

▲来源 Hillary For America 的竞选广告 *Role Models* 及采访现场照

一个孩子在电视机前看 Trump 夸口自己"即使在第五大道上开枪也不会丢哪怕一个支持者"……

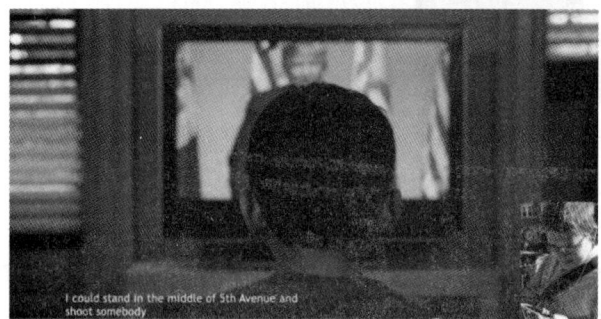

▲来源：Hillary For America 的竞选广告 *Role Models* 及采访现场照

少数族裔孩子在听 Trump 谈到移民问题

"They are bringing drug, they are bringing crime, they are rapists…"

▲来源：Hillary For America 的竞选广告 *Role Models* 及采访现场照

总之，这支广告展现了孩子们的各种微表情，集选各种 Trump 的争议言论，意图凸显其负面影响。

▲来源：Hillary For America 的竞选广告 *Role Models* 及采访现场照

▲来源：Hillary For America 的竞选广告 *Role Models* 及采访现场照

Michelle：我之前也看过这支广告，得承认的确是一个很有力的广告。但遗憾的是我觉得它并不会改变选民的决定。它很有力，但决定投票给 Trump 的人应该早就了解他的为人了。至于对孩子们的影响，我家孩子就没在看这些东西。而且，Trump 可以说是现在充斥荧屏的真人秀节目的典型代表，他这样的言行正是真人秀节目的卖点。可怕的是，人们的确在买他的账。我历年都会支持共和党候选人，但今年我想我会把票投给第三方，只要不是他俩都行。

Penn State 学生：我是注册的残疾人，Trump 对于残疾人的嘲笑我很清楚。这支广告的确让我更确定自己不会把票投给他。

2. 共和党的负面攻击广告：*Defenseless*

Defenseless 出自共和党的最强后盾之一全美步枪协会（NRA），比起 *Role*

Models 更添了一分戏剧性。

深夜熟睡的单身女性……

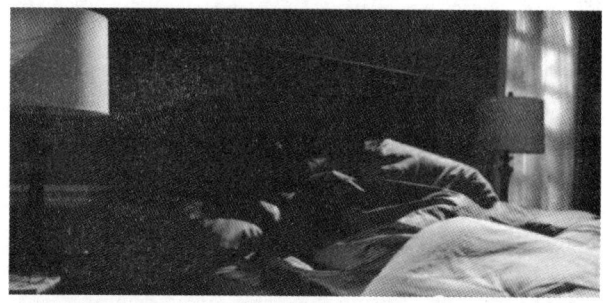

▲来源 NRA 广告 Don't Let Hillary Clinton Leave You Defenseless

窗外闪动的不祥身影……

▲来源 NRA 广告 Don't Let Hillary Clinton Leave You Defenseless

惊醒的女人翻身跃起

▲来源 NRA 广告 Don't Let Hillary Clinton Leave You Defenseless

女人向柜子上的保险柜跑去。

画外音:"她可以打 911 求助,然而报警电话的平均反应速度为 11 分钟,为时已晚。她本在保险柜中备了一把枪,而希拉里上台后就会剥夺她的合法自卫权利。"保险柜应声消失。

▲来源 NRA 广告 Don't Let Hillary Clinton Leave You Defenseless

镜头给了女人惊恐无助的表情一个特写……

▲来源 NRA 广告 Don't Let Hillary Clinton Leave You Defenseless

结束画面所暗示的意义不言而喻。

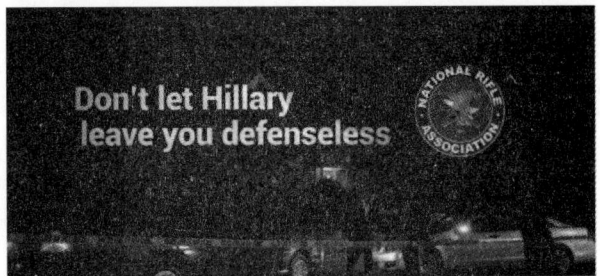

▲来源 NRA 广告 Don't Let Hillary Clinton Leave You Defenseless

Beth:"这支广告让我很愤怒。它刻意操纵观众的感情,就是要挑起女性的害怕心理，但这也不能让我同意拥枪派的观点。这支广告刻意要让女性觉得自己很脆弱无助，但实际上比起帮你击退某个破门而入的盗贼，家里放枪更有可能伤害到自己的家人。这个广告呈现的并非事实，只是故意渲染一种恐惧气氛。我觉得一个短短30秒的广告往往就是片面的，并不能真的传达出什么实质性内容。这广告不会动摇我的决定。"

Penn State 学生："我支持宪法第二修正案，但也不会因为这支广告就不投票给 Hillary，我还是相信她比 Trump 更适合当总统。说实话，我觉得 Hillary 当上总统后并不能缴了我们的自卫武器，这是违宪的。Hillary 一直不遗余力地主张控枪，其实枪支的议题也不是总统一个人决定的，还需要通过参众两院的审批。"

后 记

在采访中可以发现，多数美国民众坚持认为自己并不会被竞选广告的内容影响，也能够以理性的态度看待或具煽动性的负面广告。然而据《洛杉矶时报》所引研究显示，在大选初期，Trump 阵营因自信媒体曝光率足够高而在一些州并未投放任何电视广告，结果 Hillary 在这些州的民调支持率平均上升 2.6%，其中甚至包括历来被视为共和党票仓的亚利桑那州。

竞选电视广告是否有效、有多大效的问题或许还有待观察，但可以确信的是，这种颇具娱乐性的政治宣传形式在将来的美国政治选举中会被继续沿用，甚至玩出更多花样。

絮语｜美国大学生看大选

记者：张　弛　覃锦华

2016美国总统大选上演，作为美国社会发展的主力军，美国大学生怎么看待2016年的大选，他们最关注的议题是什么？他们真的对此次选举无感吗？

▼姓名：Andrew Zhou
专业：国际贸易
最关心议题：社会问题，例如妇女权利、堕胎等
是否投票：将投票

▼姓名：Eden Molly
年级：大二
专业：机械工程
最关心议题：女性权利，性别平等
是否投票：已投票

▼姓名：Omar Roshnaye
年级：大三
专业：法律
最关心议题：最关心两个候选人谁对美国带来的伤害最小
是否投票：已投票

▼姓名：Sweeten
年级：大一
专业：未定
最关心议题：移民政策
是否投票：已投票

▼姓名：Avalon Pater
年级：大一
专业：国际事务
最关心议题：女性权利
是否投票：已投票

▼姓名：Andrew Shileyshia
年级：大一
专业：心理学
最关心议题：外交政策
是否投票：将投票

▼姓名：Jason Neil
专业：政治科学
年级：大二
最关心议题：环境问题，减轻学生贷款负担，平等权利，提高最低工资
是否投票：将投票

项目成果展示

▼姓名：未透露
专业：机械工程
年级：大二
最关心议题：外交政策，经济政策
是否投票：将投票，仍在考虑

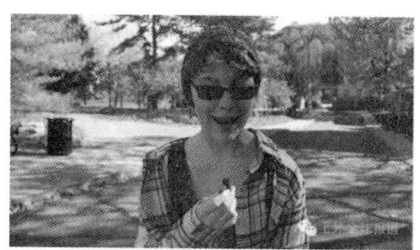

▼姓名：Kasandra Elson
年级：大一
专业：物理学
最关心议题：LGBT 权利，经济议题
是否投票：将投票

▼姓名：Lexie Sandman
年级：大二
专业：商业物流管理
最关心议题：环境，堕胎，经济
是否投票：将投票

▼姓名：Emilia
年级：大三
专业：免疫学
最关心议题：移民政策
是否投票：将投票

▼姓名：Torrian Clark
年级：大三
专业：普通科学
最关心议题：不知道，谁上台都很担心
是否投票：将投票

127

视界 | 是什么召唤了十万人

记者：姜怡安　刘亦恒

华盛顿时间 2016 年 11 月 5 日，美国大学生橄榄球联赛（NCAAF）第 9 轮的一场比赛在 Beaver 体育场展开，由宾州州立大学（Penn State）主场迎战艾奥瓦大学（Iowa）。赛前，比赛日的气氛就已经蔓延到整个宾州州立大学。学生、家长、教师、校友共同将校园变成了一片白色的海洋，为主队造势。比赛日所带来的各种各样的活动也充满温情。

视界 | 梦想照进现实，究竟还有多远？

记者：鲁一冰　白雪儿

▶ 临近下班时间，宾州大道上来往的人行色匆匆。这是华盛顿市中心最繁华的地段之一，行人中不乏来自各行各业最优秀的人才。与忙碌的街景截然不同的是，一名青年衣衫破旧、头发蓬乱，低垂着头站在街角。他手举一块牌子，上面写着：Lost job, due to skin burn.（由于皮肤烧伤，失去工作）

看到有人上前，青年原本空洞的眼里多了一丝生气。他叫 Patrick Kenyon，21 岁。半年前，家中的插座在他熟睡之际突然起火，蔓延的火势将他的床单和衬衣全都引燃，造成他腹部大面积烧伤。

这一场火灾彻底改变了 Kenyon 的生活。原先，他从事的是园艺工作。事故发生后，Kenyon 接受了皮肤移植手术，休养了一个多月才康复。但由于术后移植皮肤极其敏感，加上肩部关节受损，极易脱臼，他无法继续从事体力劳动。他一直想找一份餐馆的工作，但是几次求职，都因为不能转身被拒。

▶ 两个半月前，Kenyon 开始在街上举着牌子乞讨。

"我也不想这样，但这是获得经济收入最快的方式。我希望能够挣钱养活自己和父亲，哪怕每天只能攒一点点钱。"

在 Kenyon 读高中二年级的时候，他的母亲去世了。加之父亲身患残疾，目前家中唯一的收入只有政府提供的微薄补助。这笔补助是给他父亲的，只能勉强用于维持生计。Kenyon 本人虽然有临时的政府医疗保险用来支付手术费用，但还是得靠自己的双手自力更生。

由于母亲离世造成的巨大打击，Kenyon 无奈之下中止了学业。之后，出于对学习的热爱，他以优异的成绩通过了 GED（General Education Development）考试，并获得了奖学金。如果有机会，他还想攻读大学课程，学习营养科学和烹饪艺术的相关知识。"世界上最美好的事，莫过于看到人们因为吃了自己做的食物而绽放笑容。"他兴致勃勃地描述着自己对未来的规划，整个人仿佛都被希望点亮了。

▶ 谈论梦想的 Kenyon 无疑是幸福的，然而他飘散不定的目光让这种幸福显得如此苍白无力。二十出头，正是追梦的年纪，却因为一场飞来横祸，使他的生活变得百般窘迫。每天醒来，迎接他的除了伤痛，就只剩下为生计的奔波和一个梦。

天色渐暗，一个又一个路人从 Kenyon 身边经过，偶尔会有一两个人驻足，听他讲述自己的经历。他就在寒风中耐心地把故事讲了一遍又一遍，但没有谁能够告诉他，从现实到梦想究竟还有多远。

视界丨查理的巧克力工厂，你想不想要？

记者：何文琪

电影《查理和巧克力工厂》描绘出的巧克力童话王国让人神往。追求快乐的天性让人类对巧克力丝滑柔软、入口即融的快感无法拒绝。如果你是巧克力爱好者，也许你曾和查理一样有着关于巧克力的梦；如果你有梦，那么好时巧克力世界也许会成为贴近你梦境的地方。

▶好时镇原名德里镇（Derry Town），1903年，当米尔顿·好时先生（Milton Hershey）在宾夕法尼亚州德里镇初创巧克力制造业时，这里还是一片人迹罕至的牧场。今天的好时（HERSHEY'S）已经成为北美地区最大的巧克力及巧克力类糖果制造商，而当时的牧场如今已成为了以"Hershey"命名的区域。

弥尔顿·好时成功地建立了好时巧克力工业，为了让员工有安定的生活，他在小城里建筑公寓、学校、图书馆、医院、戏剧院，整个城市的生活几乎都是以好时工厂为准，与此同时好时镇也变成了一个旅游景区，或者更确切地说是巧克力童话王国。

▶推开好时巧克力门,扑面而来的是一股甜甜的暖意,附带着巧克力浓郁的香气,光晕营造出的昏黄是童话世界特有的色彩基调,带着暖意又不失神秘,卖火柴的小女孩幻境中食物和亲人就是被包裹在暖黄的光晕当中。巧克力工厂略微暗沉的昏黄色调便由此增加了恍若置身梦境的虚幻感。

▶顺着楼梯通往二楼观光区的过程中，目光所及之处的装饰都是富有风情的，暗沉的色调、复古的壁画，营造出华丽而精致的感觉，似乎是刻意在为通往童话世界做铺垫。

▶然后便来到巧克力制作介绍区域，跳上卡通小缆车后伴随着愉悦的音乐声，游客将来到一个卡通世界当中，在小车缓慢向前推进的过程中，奶牛饲养、采奶、收集、运输，和可可豆的采集、运输、加工，以及巧克力生产中采集、加工、包装全过程都将逐一展现在游客面前。

▸在展示区域的出口，会有工作人员送上巧克力，免费的噢。

▸色彩鲜艳的电视屏幕画面、可爱的卡通形象以及实物场景的交替使用，直观的同时给人以视觉上的享受；配上节奏轻快的音乐和热情洋溢的卡通人物解说词，将近4分钟的车程不仅给人以视觉上的享受，更营造出轻快、热烈的气氛，和人高兴的情绪同时被激起的，还有购买的欲望。接下来便是买买买了。

从二楼展示区出来，一眼就会发现，这里真的是巧克力爱好者的天堂。

▸在这里，你可以买到好时品牌旗下的多款巧克力，琳琅满目的巧克力足以让你挑花眼。

▶除了巧克力，各种纪念品：衣服、帽子、杯子、玩偶……没有买不到，只有想不到。

▶游客购买如何，请自行看图：

继往开来:
上海外国语大学多语种全球报道 2016 美国项目实践

幕后 | SISUers 的华盛顿掠影

记者:金元敬　魏　澜

转眼上外全球报道团的美国行程已经过半,参观、交流、玩耍一样也没有耽误。不要以为华盛顿是不苟言笑的首府形象,白宫的万圣节、国会大厦的图书馆、叱咤媒体圈的央视北美分台和 SMG 美国新闻中心……上外全球报道团的同学们都在这里留下了浓墨重彩的一笔。

见闻 | 走进美国大学的课堂：那些学术盛宴

记者：白雪儿

此次出行，上外全球报道团的同学们在观察美国社会文化、如饥似渴地发现新闻、报道世界的同时，也走进了美国大学的课堂，与美国的教授、同学面对面，感受优质的学术盛宴，并参与讨论，为美国学生的课堂带来了中国大学生的视角。

一、传播初探乔治城

当地时间 2016 年 11 月 1 日，上外全球报道团师生一行来到位于华盛顿的乔治城大学，传播学院的 Michael Macovski 教授为同学们进行了一次跨文化传播研究的讲座，他为同学们梳理了新媒体跨文化传播研究的分支。

Macovski 教授将跨文化传播分成了全球政治中的数字化软实力传播、知识产权、版权问题研究、传播技术的数字化演变、数字化时代的阅读、粉丝文化研究等层面。

随后，教授邀请在乔治城大学学习的中国同学和上外全球报道团的同学进行了一次对谈。大家就新闻的客观主义原则面对新媒体时代种种动摇与挑战何去何从、受众应如何在信息难辨真伪的情况下保持辨别力等问题展开讨论、各抒己见。

二、与"战地玫瑰"面对面

当地时间 2016 年 11 月 6 日,上外报道团的同学与正在宾州州立大学传播学院攻读博士学位的资深记者闾丘露薇进行了一次座谈。闾丘露薇曾作为战地记者在一线报道伊拉克战争,她向同学们讲授了作为驻外记者的一些实战经验。

一线记者,不一样的视角

突发新闻中,作为一名一线记者,到底应该为受众带来怎样的资讯?

闾丘露薇告诉同学们,如果说获取新闻事件的基本信息,每一家媒体都可以买到通讯社的实时资讯,记者也可以看到许多现场的直播信号。而一线记者,在现场,面对本地媒体的竞争、基本资讯已经满足的条件下,应该思考到底能为自己的媒体带来怎样的角度,为自己目标观众带来怎样的角度。

闾丘露薇以自己 2014 年报道美国弗格森骚乱为例,自己作为华人媒体,如果纯粹报道骚乱、警民或种族冲突的内容,对于华人受众来说,可能并不能很好理解美国社会的问题和冲突。因此,寻找到了当地的华人,想看看华人在此次事件中的经历,他们对此次冲突是何种看法。无独有偶,被打砸的小商贩是一些亚洲人,而事发地隔壁一条街有很多中国人。此外,抗议人群中也有一些华人。在报道中,选取华人视角更加贴近媒体的定位和受众的视角。

经验越多越好

闾丘露薇说,记者是一个年纪越大,工作时间越长,就越有价值的职业。首先是要积累经验。在很多情况下,被访者愿不愿意接受采访是看记者的身份的,比如你是来自大媒体的记者,或是有着许多优质内容的记者,被访者就会建立对你的信任,比较乐意接受采访。但是,做采访时也要谨慎,因为有时,被访者也希望媒体去传播一些信息,此时,作为记者就要思考清楚自己采访的目的,避免成为被采访对象的宣传工具。

与闾丘露薇的座谈，更像是一次面对面的聊天，曾经仰望的"战地玫瑰"，就坐在我们身边。闾丘露薇所提到的实战中可能遇到的种种问题，提醒着我们新闻是实践的学问。闾丘露薇还聊到了媒体中的种种问题，包括新媒体时代，深度报道的缺失，记者之于媒体仍要保持独立的思考等等。

三、美国中东政策背后的权力制衡

当地时间11月7日午后，报道团的部分同学旁听了宾州州立大学国际关系学院

Flynt Leverett教授的美国中东政策研究的课程。Leverett教授以伊朗核协议为例，对奥巴马执政时期的中东政策进行了反思，为同学们提供中东问题的美国视角。

Leverett教授从伊朗核协议切入，站在美国国家利益的立场上分析了奥巴马过去中东政策的失误与面临的挑战：虽然奥巴马促成伊朗核协议的签署，在避免战争的情况下限制伊朗的核武器发展。但是，伊朗在中东的种种不良表现需要美国进一步对伊朗进行遏制：伊朗搅乱了伊拉克的政治局势，支持阿萨德势力，使叙利亚冲突更加尖锐。因此，对于下一任美国总统的挑战是，如何在维持现有核协议的基础上，对伊朗核活动既保持密切关注，又能为美国找到有力制衡伊朗的方式，将动乱势力赶出叙利亚、伊拉克和也门。

其后，教授和同学们讨论了伊朗核问题背后所体现的地区力量的张力和制衡，以及美国对伊关系是如何影响中东

地区局势的。教授指出，美国在遏制伊朗发展核武器的同时，也应该缓和伊朗关系的必要性。因为中东国家，以及美俄等国在中东地区利益彼此交叠、冲突，国家联盟交错复杂，美国在处理地区问题时，需要考虑利益的制衡，例如，在美国试图改善对伊朗关系的同时，如何兼顾传统盟友沙特阿拉伯以及以色列的利益诉求等。

强调课堂讨论和问题意识的美国课堂，使平日里略显遥远和枯燥的国际政治问题兴味有致。教授通过一系列深入浅出的讲解，使同学们逐渐感受到国际政治的实质是国家间权力的制衡——正如现实主义国际关系理论开山鼻祖汉斯摩根索所说，国际政治的本质是对于作为稀有资源的权力的争夺。

四、恰逢大选　初探究竟

当地时间11月7日傍晚，也就是美国大选选举日的前一天，宾州州立大学传播学院的 Russ Eshleman 教授为大家介绍了2016年美国大选的基本情况和规则，他为同学们分析了候选人背后的支持者多元的成分。

民主党候选人希拉里背后的支持者主要分为少数族裔、工会成员、堕胎权利的支持者、不喜欢特朗普的人（包括认为特朗普冒犯女性以及认为特朗普没有政治经验的人）。而共和党候选人特朗普背后的支持者主要分为对现任政府不满意的人、蓝领工人、不喜欢希拉里的人、反对堕胎的人以及支持共和党当政的人。

通过此次讲座，同学们对美国大选制度的运作有了大致的了解，也感受到了美国社会多元结构不同的利益诉求在大选中体现的冲突与妥协。

视界 | 美国大学的 Newsroom

记者：姜怡安　刘亦恒

纸媒要死？

在美国宾州的小郡 Centre 郡的街上，有很多免费取阅的报箱，这里面的报纸每周一到周五出版，雷打不动。每天印刷投放量在 7000 份左右，而取阅量在 4000 份以上。这一数据对于一个小郡而言可以说已经极为可观了。

没有人愿意去纸媒工作了？

这份报纸拥有大约 110 位工作人员，而且包括主编在内全是在校大学生！他们利用自己的课余时间完成这份报纸的内容采写，结构编排，印刷投递以及信息统计反馈。未来的媒体人似乎并没有放弃纸媒呀。

这份报纸就是由宾州州立大学学生团队制作的 *Daily Collegian*，面向整个小郡免费发放。这份报纸究竟是如何运营的？如何吸引受众？上外全球报道团走进 Daily Collegian 编辑室，对谈主编大大，一探究竟。

▲ *Daily Collegian* 编辑室所在

工欲善其事，必先利其器

走进 *Daily Collegian* 的编辑室，很难想象这是一个大学生报纸的编辑室。一进门就是一间巨大的记者办公室，在这里，地盘严格按照各个版块来划分，体育版的记者相对而言是条件最好的，他们地盘的空中还特别吊着两台电视，以便他们观看比赛。当然，在这小小的大学报纸编辑室里也是有阶级划分的，一般的记者都坐在这大办公区域里，而主编却有一间属于自己的办公室。

除了这些文字工人，*Daily Collegian* 还有自己的摄影室、财务室、印刷间等运营办公区域。这配置格局完全不输于一般的市场化正规报纸。

同时，由于 *Daily Collegian* 是放在街边报箱供大家免费取阅的，难免会有剩余的。据主编大大透露，*Daily Collegian* 的取阅率约在 50% ～ 75% 之间游动。那么剩下的上千份报纸如何处理呢？*Daily Collegian* 负责一站式服务，在送报纸时会将前一天剩下的报纸全部带回。所谓"打得出去，收得回来"，他们不仅能印刷，还能将这些回收的报纸进行回收打浆，环保再循环。厉害了，我的 *Daily Collegian*！

经济基础决定上层建筑

完全市场化的运营下印刷、回收这些机器的成本并不低廉，而报纸本身却是免费发放，那么他们到底是如何坚持运作的呢？*Daily Collegian* 的钱又是从哪里来的呢？显然没有一个学校会做这样的只贴不赚、量还不小的买卖的，也从来没有听说过有土豪"爸爸"收购一份大学报纸。那么只能自力更生。主编大大告诉我们，一方面是有一些热爱新闻的"爸爸"们愿意以捐助的形式为 *Daily Collegian* 提供一些资金，学校也会稍微补贴一点。但这些所占的比重很小。俗话说，靠人不如靠己，最可靠的还是自己拉外联！这一点在取阅 Daily Collegian 的时候就不难发现。在其头版上一般都会粘贴某家西餐厅的小广告，而在一些内页的下方，也和市场化报纸一样，有专门的广告区域，上面的金主一般都是学校周围的各类小店，当然还是以饮食店为主。这些资金给了 Daily Collegian 以扎实的经济基础，这一基础为他们的上层运营提供了充足的保障，还能给工作人员发放一定酬劳。其中记者们都是计件工资，干多少活，拿多少钱，新闻理想加物质金钱，记者们岂能不好好工作？

▲橄榄球比赛当天特刊封面也贴有比萨店广告

时代变了，初心不忘

尽管 Daily Collegian 有一套成熟的运作体系，有分工明确的记者们，然而，在办公室的走廊上，我们发现了一组数据对比，是 2011 年与 2016 年的每日报纸取阅量，这一数据呈现的是跳水式下跌。这一点主编大大也提到了，五年前的 Daily Collegian 取阅量每日可高达万份，而现在甚至可能不到一半。不过，这并不能说明是 Daily Collegian 做得不够好，而真的是时代变了。毕竟不少专业报纸都已经宣布即将停刊，Daily Collegian 依然能够保持每日数千的取阅量实属不易。

时代变了，那 Daily Collegian 也要变。电子化的车轮滚滚向前，如果不顺应，就会被碾死。Daily Collegian 拥有自己的网站，拥有自己的推特。所有的报纸都有电子版，而精彩的内容也会在推特上推出。网站的文章点击量每日也能达到上千。至少，Daily Collegian 赶上了电子化的潮流，并且在这潮流里游得也不差。

▲路边供大家免费取阅的 *Daily Collegian* 专用报箱

可是主编大大依然表示,他们对于传统印刷版本才是真爱。考虑到如果有突发重大新闻,比如校长被炒鱿鱼了之类爆炸性的消息,取阅量会激增,如果轻易减少印刷数量,万一遇到这种情况就尴尬了。因此,他们精打细算,在经济条件允许的情况下坚持最大的印刷量。在变化的时代下,保持传统报人的一颗初心并不容易。当然,主编大大也表示会做一些改进,最主要的还是会提高头版质量。在保障文章质量的情况下,一个吸引人的标题很重要,头图也很重要。在这个看脸的时代,主编大大深知如果不把头图做得漂亮做得吸引人做出花样来,很难在路边的小报箱上引人注目。

我就是我,不一样的烟火

其实走在路上,免费取阅的报纸还不只 *Daily Collegian* 一家,还有小郡的报纸。在商店里面,《纽约时报》《华盛顿邮报》等巨头也是随处可见,凭什么要看 *Daily Collegian* 呢?光有价格优势,没有一两下看家的本事也是不行的。那么对于 *Daily Collegian* 来说,这看家本领就是本地化。相比《纽约时报》这种受众广泛,覆盖全国,走向世界,*Daily Collegian* 更需要做到的是服务好现在的这些宾州州立大学的学生及小郡上的这些居民。以最近的美国大选为例,主编大大就说《纽约时报》更侧重于大消息、大政策,而他们就会更关注和大学生密切相关的内容,因为这些才是他们目标受众所要看的。

项目成果展示

▲ *Daily Collegian* 帅气的主编大大

如果说这是同样的食材，不同的做法，那么 *Daily Collegian* 也有属于自己的独家食材。那就是校内新闻，除了校长被免这种难得一见的爆炸性的新闻，平时日常最受关注的就是体育比赛，而橄榄球联赛（NCAAF）更是最抓人眼球的了。这块上好的食材除了 *Daily Collegian* 以外，全球著名的专业体育频道 ESPN 也是虎视眈眈。然而主编大大很骄傲地表示，我们具有地理优势。ESPN 开着车哼哧哼哧跑到体育场就要好几个小时，而我们随便派两个记者过去，再远二十分钟也到了。而且相比于 ESPN 要兼顾所有的球队，贪多嚼不烂，*Daily Collegian* 专注本校球队，跟踪报道，显然深度和专业性要在 ESPN 之上。

▲ 宾州州立大学的橄榄球赛永远是 *Daily Collegian* 最独家深度的内容

Daily Collegian 的成功是源于一套完整成熟的体系，完善的办公环境、稳定的经济基础、独家的内容角度、紧跟时代的变革……在 *Daily Collegian* 身上，我们看到的

145

是专注、专业,看到的是未来媒体人不变的初心。这一套体系,可能并不能复制、推广,因而也不一定能谈得上什么经验与启发,但是至少,给我们看到了一点点的希望,或者说燃起了内心的一点点星光。

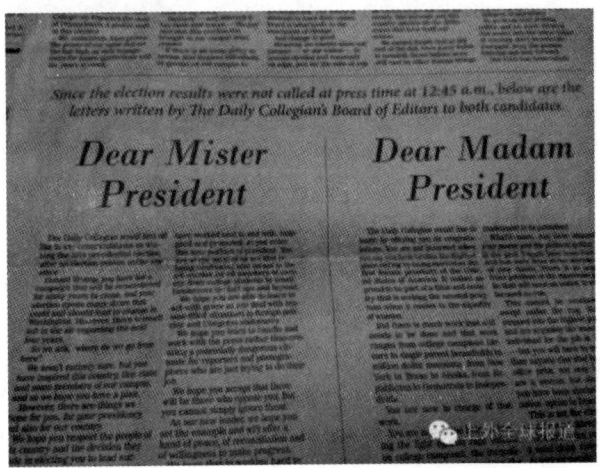

▲当地时间 2016 年 11 月 9 日的 *Daily Collegian* 关于美国大选的社论

专访 | 我们和美国前任大使聊了聊世界与生活

记者：何文琪　黄　野　钱仪雯

Talk with U.S. Ambassador: Diplomacy and Beyond

Professor Dennis Jett is a former American ambassador to Mozambique and Peru having a career in the U.S. Foreign Service that spanned twenty-eight years and three continents. SISU Global Reporting luckily interviewed him.

Dennis Jett 是前美国驻秘鲁和美国驻莫桑比克大使，在美国外交事务领域工作28年，工作地点横跨三个州，现为美国宾州州立大学国际事务学院教授。近日，上外全球多语种全媒体报道团有幸对这位大使进行了专访。

Part 1: Ambassador's view on China

第一部分：大使看中国

Q: How do you view the policy against China both of Hilary Clinton and Donald Trump?

问：您怎么看待特朗普和希拉里对待中国的策略？

A: First welcome, I think you are here on a historical day. Whatever the outcome will be, we will make history. Either we will elect the first woman president or we will elect the worst candidate I know in my life time.

At least the candidates of the two major parties have all have experience in government or have been in military offices. Donald Trump is the first one in history having no experience in either.

Nobody knows because you have no way to judge. What he says in his speeches changes from one day to the next. But what that means in terms of policy when he becomes president, I don't know honestly. There're things he think he can do but once he got office and see there're limits of what he can do. I think the only thing you can say for sure is that he would probably not be thought-out for policy formulated on the basis of any kind of experience.

▲ "He would probably not be thought-out for policy formulated on the basis of any kind of experience."

Hilary Clinton, she was a secretary of the state and a secretary of New York. She will do whatever she can to stimulate the economy and create jobs in our economy but she won't do that by starting a war with China. I think she would be much more like the policy of president Obama. It's not to say we would't have differences but I think it will be handled in a much more predictable manner than it with the president Trump.

答：首先，我欢迎你们的到来，在今天这个具有历史意义的时刻。不管大选的结果如何，我们都在创造历史。要么我们会选出历史上第一位女总统，要么我们会选择我所知道的最差的候选人做总统。此前民主党和共和党的总统候选人都会有一定的政府部门或者军情部门的工作经验。特朗普是历史上第一个没有经验的候选人。

没人知道特朗普的政策会怎么样，因为你无法判断，他的言论每一天都在变。但说到他如果当选总统政策会如何，说实话我不知道。有一些事情他觉得他能做，但他真的当选了后会发现是有很多限制的。唯一可以确定的是，他的政策也许不会很周全，因为他没有经验。

▲ "She won't do that by starting a war with China."

希拉里作为前国务卿和纽约州前联邦参议员，虽然她会尽全力推动经济增长、增加就业，但她不会通过和中国打贸易战的方式来达到效果。她的政策将延续奥巴马的风格，但这不是说她会全部照搬，但肯定会比特朗普的政策更易让人捉摸。

Q: Who do you think will be tougher with China?

问：您觉得谁会对中国更加强硬？

A: We have to assume Mr. Trump because he promised to be that way. But again, what he said in one occasion would be denied or ignored in the next occasion. I think Hilary Clinton would be tough but as a former secretary of state she knows the importance of negotiation. She will be willing to negotiate and reach understanding with China. But Mr. Donald Trump is unpredictable. And he will be more aggressive in dealing with China.

答：我觉得是特朗普，因为他宣称要更强硬。但他在某个场合说的话经常到了另一场合就予以否认或者忽略。希拉里会强硬，但作为前国务卿和纽约州前联邦参议员她懂政治协商。她会更愿意和中国进行沟通协商、增进理解。但特朗普捉摸不定，他会对中国更具攻击性。

▲ Is China too much highlighted?

Q: We can hear a lot of statements on China in speeches of Hilary Clinton and Donald China. Do you think that China is an important issue for the America or the candidates just too much highlight or even exaggerate?

问：我们可以听到两位候选人在竞选时多次提到中国。你觉得是美国民众把中国看成重要议题，还是候选人夸大了中国的重要性？

A: I think China is more like a symptom of threat. The basic problem for some of the Americans is the globalization. They think they are losing out, They don't see their incomes and wages going up. They see manufacturing jobs leave. China is a easy target to blame on. Because if you go to Walmart and choose what you want, basically they are all the same, everything in there is made in China, maybe not some of the foods and vegetables and groceries. But on the one hand people see I can get what I want to buy with less money and on the other hand that means other states make it. China is a easy target to hit.

答：中国更像是"威胁"的象征。对一些美国人来说，真正的问题是全球化。这部分美国人觉得他们在失去，他们的收入没有上涨，制造业工作岗位减少。中国是很直观的攻击目标。如果你去沃尔玛超市购物，你会发现东西差不多都是中国制造的，除了一些食品和蔬菜以及部分日用品。一方面人们觉得高兴，能用较低的价格买下自己需要的东西；另一方面，这些东西又是其他国家制造的。中国是很容易受攻击的目标。

▲ "China is a easy target to hit."

Part 2: Ambassador's Life

第二部分：大使的个人生活

Q: What did you study in university? And what prompted you to choose a career at the U.S Foreign Service?

问：您在上大学时的专业是什么？是什么契机开启了您的外交官生涯？

A: I got a bachelor's degree and master's degree at economics.

About how did I choose this career, in fact it's what one should never forget in life-it's called dumb luck. After I got my master's degree in New Mexico, which is in southwestern United States, near Texas (which we don't like to admit, mostly we just ignore them), I went to work in the state government of New Mexico as analyst of taxes, an economist. It was an interesting job and I felt like I was making a contribution. But it didn't feel like there's much future, because it's a small state and it's a small government. In terms of economists who work for the country, there were about 4 or 5 in the entire bureaucracy. So I was looking for federal jobs in Washington. A friend of mine handed me a booklet and it basically said "join the state department and see the world". I looked at his and said, "Well it sounds interesting. They are hiring people to do economic works, so why not?" So I applied for it, took the exam and passed the exam, I also took the oral exam and passed that, so they made me an offer. In 1972 I packed up a station wagon, with my wife and the children, we drove to Washington. from New Mexico.

151

▲ "About how did I choose this career, in fact it's what one should never forget in life–it's called dumb luck." "She won't do that by starting a war with China."

答：我拥有经济学的学士与硕士学位。

至于为什么选择了这份外交官职业，可以说是因为撞上了人生难求的"狗屎运"。我的大学在新墨西哥州，就在美国的西南部，是得克萨斯州的邻居（不过我们那儿的人可不喜欢这说法，一般就装作不知道这回事儿）。拿到硕士学位后，我进了新墨西哥州政府做税务分析师。那份工作很有趣，也让我觉得小有成就感，但在小小的新墨西哥州政府工作总让我有种看不到未来的感觉。于是我开始搜寻起进入联邦政府工作的机会。就在那时，一个朋友给了我一本美国国务院外交部的招聘宣传册，上面写着标语"加入国务院，放眼全世界"。我很感兴趣，加上他们正好在招人处理经济类工作，所以就报了名。我通过了笔试和口试，于是就拿到了那份工作。1972年，我和我的夫人孩子们带着一整车的行李，从新墨西哥州一路开到了华盛顿。

Q: You make it sounds so easy.

问：经您这么一说，仿佛考上国务院特别轻松似的。

A: I don't know what the statistics were. It was 1971 when In took the exam. But now about 18,000 people take the exam and about 350 people got hired. So yeah, it's a long and difficult process. Always think it's the ones that are most flexible (that get picked), because if you can go from being a diplomat representing George Bush one day and the next day represent Barack Obama, you can't have any principles. You have to be flexible. (laugh)

答：我不清楚当时的考录数据，那是1971年的事了。现在每批约有18000名申请者参考外交部，只有350人左右会被录取。的确可以说是个漫长而艰难的竞争。

我一直觉得能考入外交部的都是些最善变的人。毕竟作为外交官，你要是能从小布什政府的外交政策顺利切换到奥巴马政府的外交政策，那必定得是完全没有原则的人才能做得到的了，不擅变可做不到这一点（笑）。

▲ "…if you can go from being a diplomat representing George Bush one day and the next day represent Barack Obama, you can't have any principles. You have to be flexible." (laugh)

Q: What are the works as an ambassador in the Peru and Mozambique?

问：在秘鲁和莫桑比克做大使都要做哪些工作呢？

A: There's always something new. The basic work (of an ambassador) is managing the embassy and the people working there. These organizations are pretty big and very diverse because there's not just one department; there are Commerce Department, Defense Department and all these departments. And then you have the work outside of the embassy, like meeting the American businessmen, talking to local politicians, getting to know the president of the country, etc. Pretty much the same work in any embassy because you have to be able to manage the internal function of the embassy and you have your external efforts to get to know the country and the people so as to do your job.

答：总会有新鲜事要处理。大使的基本工作是管理使馆及使馆工作人员。大使馆结构庞大，丰富多元，由多个部门组成，比如商务处和防卫处等等。另外还有使馆之外的公务要处理，比如接见美国企业家、与当地政客们会谈、了解该国总统等。各国大使馆的基本工作都差不多，大使的工作就是保证使馆内部的正常运营，同时对外要多多关注该国动向、体察民情民意。

特稿｜中国驻美国大使馆新闻参赞：你们此行就是公共外交
——记上外全球报道团拜访中国驻美国大使馆

记者：何文琪

美国华盛顿当地时间 2016 年 11 月 3 日，上海外国语大学全球重大事件多语种全媒体报道团在 SMG 美国新闻中心运营总监任美星老师的带领下拜访了中国驻美国大使馆。新闻参赞方虹女士以及外交官刘宇清（二等秘书）、雒春建（二等秘书）和高子夏（随员）与报道团的师生进行了一场别开生面的有关"公共外交"的对话。

首先，方虹参赞向报道团学生介绍了中国驻美国大使馆目前开展公共外交的基本情况和所面临的新挑战，并与上外师生分享了中国公共外交历史上的一些成功案例。

公共外交是一个国家的政府或经政府授权的其他社会组织，通过传播、公关、媒体等手段与国外公众进行双向交流，旨在提升本国的形象或声誉、增进国家利益的活动。《中国公共外交发展报告（2015）》表明，随着 21 世纪经济全球化趋势的进一步加深，国家之间的相互影响和依赖程度也在加深。

▲从左往右依次为刘宇清秘书、方虹参赞、雒春建秘书

此外，世界形势复杂，国际政治变化不断，这些都使得许多国家把公共外交的重要性提升到一个新的高度。公共外交也是传播中国声音、树立中国"和平崛起"良好形象的重要手段。

▲方虹参赞向上外报道团介绍公共外交

▲上外报道团认真听取讲座

方虹参赞表示，近年来，中国驻美国大使馆一直将开展公共外交作为重要工作任务之一，通过各种政策宣示和解释，通过坚持与美国各界人士开展交流与对话，通过"中国立场"的"国际表达"，以增进美国各界对中国和中美关系的了解。刘宇清老师等还表示，当前公共外交面临的最大挑战是跨越中美两国存在的文化差异，找准受众的需求与关注点，力争在诸多议题上达成一致。

听完外交官们精彩的介绍之后，上外全球报道团的学生从当代大学生的视角出发，就如何运营新媒体各抒己见，例如微信公众号内容如何贴近受众、新媒体内容应从实用性出发等。大家还就大使馆如何与美国民众互动，以及未来中国大使馆公共外交工作发展方向等问题与外交官们进行了良好的互动。

▲资深媒体人曹景行

会上，上外全球报道项目负责人、卓越学院副院长邓惟佳还向方虹参赞介绍了上海外国语大学的人才培养理念和方向。她说，作为以外语为特长的高校，上海外国语大学一直着眼于培养国际化复合型人才，近年更是致力于打造"多语种+"卓越国际化人才培养的各类高端平台，并在国别区域研究领域进行了卓有成效的探索。上外全球报道团项目开展了8年，目的就是为了让学生拓宽国际视野，加深对国际事务的了解，在真正的国际实践活动中掌握跨文化沟通能力；此外，邓惟佳还介绍了上外2015年12月成立的卓越学院，就学校重点打造卓越国际化拔尖人才培养的若干平台与未来发展，向参赞做了详细汇报，她还表示这些办学理念和措施都契合了上外"格高志远，学贯中外"的校训。

▲左一邓惟佳，左二任美星

最后，方虹参赞表示，外交工作需要贯通中西的人才，上外对于学生的培养定位和方向也是国家开展外交事业所希望的。她亲切地说："你们此行本身就是一种公共外交活动啊。"方虹参赞还对上外学生提出了期许，她希望大家在努力学好外语的同时认真学习中西文化，并能够在未来积极投身于中国的外交事业。

会谈结束后，刘宇清老师还带领报道团一行参观了中国大使馆，向同学们生动而详细地介绍了使馆设计、陈设布置及其深厚的文化寓意。

▲刘宇清老师向上外报道团介绍大使馆文物

这次的大使馆之行也让上外报道团的同学们感觉收获良多：

钱仪雯：我感觉非常亲切，能在美国感觉踏在中国的领土。观看了大使馆内部的装修、建筑以及一些内部装饰之后感觉大开眼界。很高兴我们中国的优秀文化、历史以及一些优秀艺术家的作品能在美国展出。和大使馆的工作人员一起探讨了如何宣扬中国文化，也很高兴看到他们正在努力地推进中国文化以及大使馆工作。

黄野：还记得很小的时候，我的梦想便是成为一名外交官。因为看见他们在国际舞台上宣传中国文化、展示中国形象的

时候，觉得是很荣誉的事情。这次听到参赞讲在美国如何向美国民众解说中国外交政策和立场、传递中国声音让他们更加全面准确地了解中国的大国形象。大使馆方面和我们学生进行交流，让我了解到当今青年人在就业和学业方面的问题，感觉为自己的就业选择提供了新的方向。在参观的时候大使馆的建筑给我留下深刻印象，特别是由徐冰先生进行设计的一个由有机玻璃制成的名叫"紫气东来"的作品。

张弛：能够去大使馆参观觉得非常荣幸，机会非常难得。我了解到大使馆工作人员在美国做了什么、他们的状态怎么样、他们都为外交工作做了哪些努力，从外交官介绍中学到很多。大使馆建筑非常美丽，参观了大使馆的会客室和接待厅等，看到
很多中国艺术作品，非常自豪能把这些东西陈列在美国，让美国人了解这些东西，让他们看到我们的文化和艺术，这也是外交的一部分。了解了外交官的工作状态，对我今后的工作也有启发，了解了国家外交需要怎样的人才，哪怕以后不从事外交工作，但在全民外交的今天，也知道了自己应该具备怎么样的素质。所以这一趟收获非常大。

覃锦华：参观了中国驻境外最大的大使馆，让我感觉到我们国家的伟大，以及国家给我们身在国外的学子和华人同胞们带来的温暖。大使馆很雄伟很霸气，它像长城的一个拐角。在大使馆里，年轻的外交官跟我们分享了很多东西，他们很敬业、热爱外交事业。

话题｜喧嚣过后，"最荒唐"大选会否改变一代年轻人？

记者：海 阳 孙一尘

题记：邮件门、录音门、逃税事件、维基解密、"Deplorable"、"nasty woman""grab them by their pussies"……

这些词句都语出自刚刚尘埃落定的 2016 年美国总统大选。在这一年多里，两位候选人丑闻不断，金句频出，为看客们奉上了一场不堪入目的污秽政治秀。不少人调侃说，这次是一场比谁更烂的选举。激

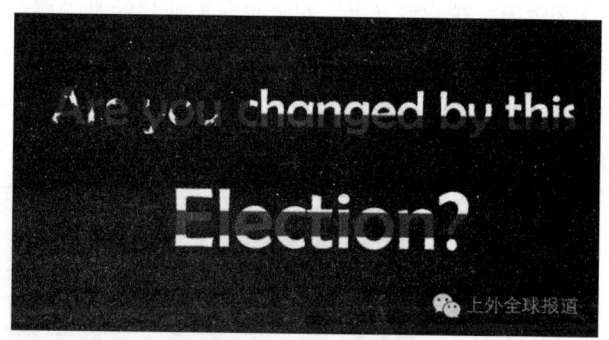

发选民投票欲望的并不是对一位候选人的支持，而更多是出于对另一位的深恶痛绝。这样的说法或许过于夸张，然而 2016 年大选所呈现的种种混乱、极端、割裂无疑与民主政体所承诺的一切优越性背道而驰。

对于大学生群体而言，这场大选必将在很长一段时间里被他们铭记。在此之前，他们关于总统选举的鲜活印象或许仍停留在 8 年前那句梦幻般的"yes we can"。而 8 年后的今天，当这群年轻人终于达到投票年龄后，摆在他们面前的却是一场闹剧般的狂欢，与两位抛却矜持互相攻讦的领导人。理想与现实间的龃龉，是否会在他们人生中就此留下印痕？而当这场不堪入目的选举终于临近终点时，他们又将怎样为将来的生活许下新愿景？记者在 11 月 8 日投票日当天走进宾州州立大学，聆听年轻人的声音。

Rob　建筑工程专业大三　没有投票

我没有给任何一个候选人投票，他们都太糟糕了。这次大选让我感到人们容易被媒体牵着鼻子走。媒体的每句言论都牢牢抓住他们的注意力，而这些媒体，大多

是主流媒体,是有所偏袒的。

Sara　市场营销专业大二　投票给希拉里

这次大选让我对我们的政治系统有了全面的了解。如果让我用一个词来概括的话,我想用"腐败"（corrupt）。作为选民,我们没有被知会到充足的信息。

特朗普称呼希拉里为"骗子"（crooked）,我觉得这在一定程度上没有错,只是他的言行实在让我感到沮丧,因此我投给了希拉里。

Jane　信息系统专业大二　投票给希拉里

两个候选人将大部分时间耗在互相的人身攻击上,而不是讨论他们具体将推行什么政策。在此意义上,我觉得我们的政治是"腐败"的。

▲支持希拉里的学生组织正在号召大家前去投票

Kevin　历史专业大二　投票给特朗普

在这次大选前,我以为克林顿家族只是又一个不讨人喜欢的政治世家。而如今,我意识到他们确实在从事着犯罪活动,而偏袒的媒体对此不闻不问。眼下事态的发展当然需要取决于大选的结果,但我相信无论谁当选,对于希拉里犯罪的调查都将继续下去。而我百分百相信特朗普会当选!

George　广播电视专业大四　投票给约翰逊

我曾经是一个共和党支持者,但在这次大选中他的言行让我不能违背良心投下这一票。同样的，当我确信希拉里在暗地里向外国出卖国家利益时，我也不能够投给她。对我而言，自由党与约翰逊执掌政权的可能性固然微乎其微，但相比把票投给没有胜算的人，投给你并不喜欢的候选人才是一种真正的浪费。

▲前来为校属电视台录制出镜报道的 George 表示，一会儿拍摄时将穿上外套以遮掉身上这件表现政治立场的 T 恤。

Dave　广告专业大四　没有投票

我因为意外原因错过了这次投票的时机。但如果让我选择的话，我会投给约翰逊。在我看来，当下的两党体系简直是逼迫着人们做出第三种选择。

Ben　电子工程专业大三　投给希拉里

我原先是伯尼·桑德斯的支持者，我相信他就是我应该追随的那位领导人。可惜他未能获得提名。在他落选后，希拉里将他的政治观点挪用了过来，以期吸引桑德斯的支持者。在这次大选后，我感觉自己对民主党的支持开始变淡了，而两党体制也让我感到恶心。眼下，两党体制正在将我们引向失败。

Araelia　当地居民　19 岁　没有投票

我没有投票，因为我不想让这两个混蛋成为我们的总统。这次大选无疑改变了我，我对我们的政治体制失去了信心。一个候选人一直在谈论些关于女权的漂亮话，但她当选我们就要和俄罗斯开战啦。另外一个候选人总是对着各种各样的人大放厥词，之前我们在讨论，应该让科米（主持对希拉里邮件门调查的 FBI 局长）来当总统！

后　　记：

以上采访都是在大选结果出炉前的 11 月 8 日下午和深夜所进行的。虽然许多学生认为大选改变了自己，使自己对现实的处境更趋悲观了，但仍有不少学生赶在早上 7 点开始投票前就来到站点排起长队，支持他们心中的总统人选。然而，随着特朗普当选总统，全美各地掀起抗议示威的浪潮，这些乐观的面孔也在激烈对峙的政治现实中趋于模糊了。希望这些年轻人都能在这场总统大选之后找到属于自己的道路吧。

专访 | 从中美关系到美国政治——专访 Larry Backer 教授

记者：张 弛 白雪儿

CNBC2016 年 3 月份进行的全美经济调查显示，只有 23% 的人同意"自由贸易帮助了美国"，而有 43% 的人认为自由贸易对美国有害。特朗普不止一次地提到全球化和自由贸易损害了美国经济，中国和墨西哥"偷走了"美国人的工作，连希拉里也开始在竞选中表示对跨太平洋伙伴关系协定（TPP）的反对。反全球化似乎一瞬间成了新的风潮。就全球化的利与弊以及国家在全球化过程中面临的问题等，我们与宾州州立大学全球化研究专家、国际事务学院教授 Larry Catá Backer 聊了聊。

中国与美国面临相似的全球化挑战

▶问：您怎么看待特朗普的反全球化、反自由贸易言论？

答：中国现在面临跟美国一样的问题。曾经帮助上海、杭州、苏州等城市居民步入中产阶级的企业，现在正在向中国西部、非洲、缅甸等转移。中美两国在这方面是极其的相似。哪怕两国在政治体制上很不一样，但是两国的经济体系却几乎是靠相似的前提、相似的框架在推动。我们的社会中，谁是赢家，谁是输家，人们的不满从何而来？当想明白这个道理的时候，那问题就变成了政府应该怎样尽力去帮助那些落在了后面的人。在低附加值的工作正在往西部和其他国家转移的过程中，谁从中受益？社会变更好了，投资人、消费者、从高端产品中获利的人受益。谁没能从中受益？那些在工厂工作，失业的工人……现在这个问题在中国同样存在。中国现在已经发展到了低附加值工作不能再创造利润的时候了，所以很多工厂他们要么往西部移，要么转移到国外。因此中国现在和美国面临一样的问题。两国政府都做出了正确的决定，相比低附加值工作，高附加值的工作对于整个国家和社会来说都是更好的。特朗普之所以这么说是因为他在吸引特定的在社会发展的过程中失业的那部分群体。现在的问题不在于这些人为什么会愤怒，而在于我们怎么帮助他们。特朗普的解决方案是：重新引回低附加值工作。但你推敲一下，会发现这个说法根本行不通。自由市场根本不是这么运作的，你不说服让一个正在盈利

的企业放弃他所盈利的海外市场回到国内，唯一能让他这么做的只能是通过控制和强求，这在自由市场是行不通的。

那正确的做法是什么？正确的做法是你必须加强基础设施的建设、投资教育，让那些不能再为社会做出贡献的人，重归工作。总会有那么一些人会落下，但是我们要做的是让他们能够重新融入高附加值的工作。特朗普只是在利用这群人的愤怒，他可能确实想让制造业回到国内，但是他没法做到。唯一能让工厂回到国内的做法就是控制，要控制的唯一做法就是人为的重置经济，关闭边界。1929—1945之间，美国关闭国界，发生了什么？发生了大萧条，民族主义高涨，缺少资源。所以全球化从长远来看，对国家是有好处的，哪怕短期看来引起了一定的国内问题。

▶问：对于在经济全球化过程中失去工作的那部分人，美国有什么救济政策吗？

答：我们的教育系统仍然存在问题，我们尚未能够提供与变换的劳动力市场紧密联系的强劲的教育系统。教育不应该只是停留在高中结束，而应该提供持续的教育，企业给员工提供再教育应该是其主要的责任之一。企业不应该是吸收完工人的生产

力之后，让政府被迫去处理失业的工人们。

▶问：为什么像苹果这样的公司，哪怕中国的人力不再便宜，他们仍旧选择在中国开设工厂？

答：廉价劳力只是在选择开设工厂地点中的一部分，选址另一个需要考虑的很重要的一部分是在于劳力相对廉价，并且有较高生产力。举个例子，沙漠里某一个小国家他的劳动力可能比中国便宜很多，但是他的生产力、生产质量是怎样呢？在考虑劳动力成本的时候，很重要的一点是要考虑其处在怎样的社会和经济环境中，公司需要投入多少时间精力和费用来训练雇员。中国恰好提供了相对便宜的劳动力，同时国家也在给予他们一定的训练，因此雇员相对有较高的生产力。企业在选址的时候必须考虑这些问题，这样也就能理解为什么即使中国的劳动力成

本提高了，其仍旧是很好的开设工厂的地点。最后回到我们之前所说的附加值较少的商品，富士康可能某一天，会将工厂从深圳或者苏州移到河内，并且觉得这样能获得更多利润。所以中国也面临着跟美国现在一样的问题，中国政府已经逐渐开始意识到这个问题。十七大之后，中国的国策一直在提倡推进社会主义现代化进程，重视扩大国家资本的需求，将经济从低附加值产品向高附加值产品转型。中国很可能出现跟美国现在一样的问题，不过在中国，情况可能是制造业、低附加值产业先向西部移动，然后再转移到其他国家。这看起来是一个国家发展的趋势。

▶问：中国的崛起，对美国来说，是一个威胁或者是挑战？

答：我认为现在下结论还为时过早。竞争的思维是很自然的倾向。在社会文化的许多方面，中美之间确实很容易被拿来做比较，比如不同的社会制度文化。强国之间，求同存异，共同引领世界才是发展的趋势。但问题是，有的时候，这种倾向不是导向了共同领导，而是引发了一种紧张的气氛。因为当两个强国选择将对方视

为假想敌而忽视了合作的时候,不好的事情就要发生了。我并不理解,为什么人们就不能从共存的角度看待大国的关系。

▶问:说到中国"一带一路"的倡议,有人认为这是中国想要建立自己的国际新秩序,一定程度上挑战了美国领导的一套既有国际秩序,您是怎么看的?

答:其实两个体系拿来比较,价值不大,甚至是一个错误的比较。有些人会认为中国想通过"一带一路"来实现地区影响力,美国的TPP背后也有自己的盘算。但是,很少有人静下心,仔细地对比过它们。如果你仔细看,它们确实有显著的区别,比如国企在市场竞争中的地位、政府给予企业补贴的政策和问题,简而言之,是全球化过程中,国家力量的参与对整个市场化竞争的影响。

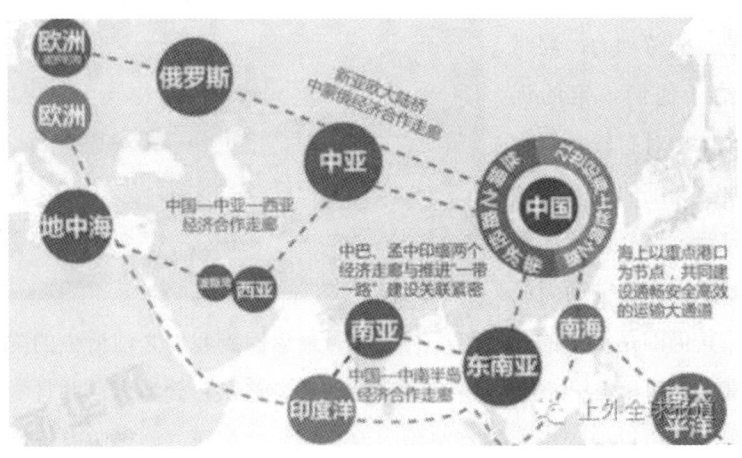

▲一带一路

▲ TPP

其实这是不同国家的体制决定的,中国更希望国家能够积极参与到经济活动和企业管理当中,而美国、欧洲认为国家参与经济会成为自由化经济的阻碍。虽然差异和矛盾是存在的,但是却不是不可逾越的。我们还是可以在一定程度上达成妥协。因此问题应该是,全球化背景下,应该首先看到中美为了差异而进行的协调,而不是一味地将其视为竞争关系。我认为,政府从上至下,倾向于对大众、商业和对于其他国家政府采取不同的说辞。尽管两个大国在表面上看起来可能是彼此强劲的对手,但是民间的经济交流却难以间断,为了拓展贸易开展的对话也依然在进行。

从大选看美国政治

在与教授讨论经济全球化的过程中,不可避免会涉及有关美国政治的讨论,来看看我们都讨论了些什么呢?

▶问:您觉得民主党现在分裂吗?

答:民主党现在只靠一样东西维系在一起,特朗普是现在能让民主党联合在一起的唯一理由。民主党在经济政策、社会福利、政府本质、联邦政府和国家等各个方面存在分歧。

▶问:一个党派怎么可以如此分裂?

答:世界变化得太快。民主党和共和党两党内部曾经都有不同的小集团,所有这些小集团靠对"什么是民主党或者什么是共和党"这样的核心思维的认同凝聚在一起,这对于两党系统来说是稳定的。现在那些都毁坏了。现在留下的只是党派的外壳、结构或者党派的条款,但是党派内部的凝聚已经被毁坏了。那些曾经内部的小党派,可以互相妥协,现在都是被外部因素所影响了。党内部开会的时候,他们看似会互相妥协,承

认他们虽然立场不同,但都是属于同一党派,都有着同一个信条。但是他们现在实

际上将自己的立场诉诸媒体，为了争夺党内部的主导权，他们彼此争吵。当核心的思维不能跟随时代一起改变和进步，那党内部的分歧就会出现，到那时候真正能够将党派连接在一起的，就只有制度，而这是一种非常弱的连接方式。

▶问：您认为特朗普现象是否使得美国社会发生了改变？

答：美国社会的改变从二十年前就已经产生，特朗普只是导火索，点燃了利益受损的人的积怨。谈到这种改变的本质，我认为，是由于精英统治的种种选择，无论结果好坏，加剧了美国的社会问题。

精英统治任性而不接地气，他们更加关注他们自己，而不是国家的需求。但是我依然有信心，美国最后还是能克服这些问题的。

▶问：您能具体说一说是哪些问题或者改变吗？

答：从社会的组织、女性的社会角色、少数族裔与社会其他群体的关系，也包括少数族裔内部的关系，国家权力的组织形式，公有私有之间的张力，市场与联邦政府的关系。

▶问：特朗普现象一定程度上为全球化过程中的失利者发声了。特朗普现象能够帮助改善他们的现状吗？

答：我认为不会改变。在大多数国家，也包括中国，社会进步是因为领导力量和法律，当然，中美可能只是字面上说法不同。每一个人，尤其是外国人，来到美国看到特朗普现象，可能会觉得这是因为阶级差异、斗争的视角。实际上，应该从更大的视角来理解这些矛盾，就是长期以来，精英统治过分注重自我利益的满足，而忽视了普通民众的利益。

特稿丨认识不一样的联合国：从每日新闻发布到维和部队

记者：白雪儿　陈栩伊

当地时间 2016 年 11 月 10 日，上外全球报道团的师生一行来到位于纽约的联合国总部，同学们有机会旁听了联合国秘书长发言人的每日简报新闻发布会。随后，中国维和部队驻联合国军官戴祁林带着同学们参观了联合国，他向同学们介绍了维和部队的工作和基本情况。

中午 12 时许，联合国秘书长发言人斯特凡·杜加里克（Stéphane Dujarric）主持了每日例行新闻发布会，并答记者问。杜加里克首先播报了一系列联合国正在关注和开展的人道主义救助的工作：战争状态下，叙利亚平民如何渡过严寒、伊拉克平民流离失所和南苏丹平民安全问题的解决对策，以及联合国为其提供的粮食和医疗救助的工作。其后，杜加里特传达了联合国对印度儿童所面临的空气污染问题、布隆迪共和国的饥荒、全球粮食价格调整等问题的密切关注。

记者提问环节后，杜加里克先生跟同学们进行了互动，他为同学们介绍了联合国秘书长新闻发布会的大致情况：秘书长每日新闻发布会上，新闻发言人发布当前

联合国最关注的世界政治、经济、文化等方面的重要情况，以及联合国正在开展的相关措施。列席的记者来自联合国的任何成员国，其中也包括受到国际制裁的国家派出的记者。

杜加里克先生说，作为一名新闻发言人，最重要的素养是，"遇到自己不知道的问题，可能让自己显得傻的时候，绝对不要说傻话。"因为新闻发言人所代表的是一个组织，比如，他自己所代表的就是联合国，是联合国秘书长的言论，因此，要对这些言论负责，对这个组织负责，对秘书长负责。此前，杜加里克先生曾为美国ABC新闻工作了快十年，主要报道欧洲、非洲和中东的重大事件，后来他来到联合国工作，先后担任过前联合国秘书长安南的首席发言人、联合国发展计划署的主任以及联合国新闻部的媒体总监。

一位同学提问：新闻发言人在很多时候是代表某一个组织发声，那么在这个过程中能发挥自主作用的空间是不是十分有限。杜加里克先生告诉我们，在发言的过程中涉及一些具体的技巧，比如如何应对记者具有批判性、挑战性的提问，如何兼顾事实与组织的利益等，这也是新闻发言人发挥创造力的一个点。另外，新闻发言人在台下依然需要平时的不断积累，并对各类问题形成

自己的看法。在联合国，新闻发言人们时常会针对各类问题头脑风暴，为联合国的决策者提供建议。

另外，杜加里克先生还详细介绍了自己一天的工作，从每天上班开始收集世界各地的头条、讨论播报的内容，和联合国相关理事会沟通；和联合国秘书长沟通，了解他的想法；主持新闻发布会，答记者问；为秘书长安排采访、随行外出等。同学们对于联合国秘书长新闻发言人的了解也变得更加具体而可观。

辞别杜加里克先生，联合国维和部队现役中国军官戴祁林带领报道团一行人参

观了联合国的安理会和维和（Peacekeeping）照片墙。戴军官介绍道，"作为联合国五个常任理事国之一，中国一直致力于成为一个负责任的大国，目前，中国向维和任务区共派遣了将近2800人，是五个常任理事国中派遣人数最多的国家。"指着维和照片墙上的一张中国维和工兵正在铲土的照片，戴军官解释说："这是中国维和部队在非洲的刚果金执行建设的任务，这是实实在在的付出。"

戴军官进一步介绍道，中国维和是有发展的过程的，从1990年开始只是向耶路撒冷的停战监督组织派出五名观察员；之后，中国对维和领域派出的兵种和类型不断扩大；2015年向南苏丹派出了维和步兵营；2016年10月，向苏丹的达尔富尔派出了直升机分队。

回顾联合国成立的70周年以来，任世界风云变幻，联合国始终为世界的和平与稳定提供着有效的制约机制；关注人类生存发展，并不断促进多元文化交流，经济繁荣。小到每日的新闻发布，大到决定世界格局的协议的签署，维和部队的委派，联合国坚持着成立以来的那些原则。此次联合国之行，同学们得以从新闻中心和维和部队两个角度详细了解了联合国，与一线工作人员对话，对联合国产生了许多向往与憧憬。

▶白雪儿

联合国实实在在落实着成立以来的那些原则,可以从新闻发布会的中立色彩中看出来。

▶理智

维和部队让我印象深刻,尤其是中国在维和部队中的贡献。

▶冯诗豪

和新闻发言人聊天的过程中,他告诉我们媒体和联合国新闻发言人之间的关系要建立在相互信任的基础上,这一点让我印象深刻。

幕后｜SISUers 的宾州掠影

记者：金元敬　魏　澜

第二站我们来到了位于宾夕法尼亚州的州立大学，与上一站不同的地方在于，我们融入了这个大学，并和年纪相仿的大学生一起学习与交流。总之，对于报道团的同学来说，这是一次精彩而难忘的经历。

团队成员札记

美利坚新闻实践初尝试的种种感想

白雪儿　大三　广播电视学

这次美国行是一次"实打实"的新闻实践,从中可以体会到,对一个记者来说,新闻敏感、胆量、积累和创造力是很重要的,另外在临场如何保证自己处乱不惊,坚持新闻原则也十分重要。

这与我们制作校园新闻的方式有很大的不同。在做校园新闻的时候,我们通常有充足的时间制定计划,搜集资料,明确要点。这一次,一切都有了一丝突发的意味,见到的事物都可能是新闻。这意味着我们必须抓住每一个机会与人聊天,感觉到新闻价值的点,就去挖掘它。

这里想讲一个关于"越南战争纪念碑"的报道的教训,即使我们要实地"抓新闻",但是无论是怎么样的报道,都需审慎地查清资料,坚持多方平衡等新闻原则。

早在中学时,就阅读过写越战纪念碑设计意义的文章,纪念碑是民国才女林徽因的侄女林璎设计的,设计中蕴含对战争和生命的反思,别具匠心。石碑,对于我来说,总有一种略显神圣和传奇的色彩。史传文学《巨流河》中,齐邦媛在南京航空航天英雄纪念碑上一眼看到昔日情同兄妹却在战争中失去生命的飞行员张大飞的名字。我总想着，石碑上的一个名字，就代表了一个生命，一个生命经历了怎样的曲折，最终又归于沉寂，成为石碑上神秘而恒久的纪念。此次能够实地造访越战纪念碑，有点满足那种"读万卷书，行万里路"的遐想。而当时我们路过美国的越南战争纪念碑前，一个身着黄衣白帽的志愿者，手中正拿着一本厚厚的名册，帮来客寻找刻有越战中死难亲友名字所在的位置。一番采访之后，我们了解到了足够的资料，并深深被这位志愿者所打动：她曾经的同学牺牲在了越战战场上，提到那些曾经跟她一起玩耍的朋友，他们的生命永远停留在异国他乡的战场，她的眼里噙着泪水。她出于强烈的责任感，来担当志愿者的服务，并向人们传达她所了解的那部分真相：一场战争，加害者本身可能也是受害者。虽然后世对越南战争的美国士兵骂声不断，但是大部分人也忽略了当时他们只是出于十分单纯的目的出征，忽略了战争的残酷，而到了越南，恶劣的战争环境又让他们备受苦难。之后，我们做了一篇关于越战纪念碑的报道，以与越战纪念碑志愿者的聊天切入，反思战争，反思生命。但是由于我们的报道，只采用了单一信源，使得我们忽略了对越战的全面了解，及其历史定性。单一的信源提供的观点，也许也能单独成立，但是放在国际格局里，也只是一家之说。因此，我们的第一次报道，以失败告终。带我们的曹景行老师找到我们，他告诉我们，中、美、越南等国对于这一历史事实的认定各不相同，想要做一篇有意义的报道，仅仅通过对一名志愿者的采访是远远不够的，对历史史实和史论的梳理非常重要。其实当时写这篇报道时，我们是怀有一种对历史的敬畏心情的，也正因为这种心情，使得我们陷入了一种略显片面的同情当中，忽视了作为记者应该沉重冷静，把握问题的全局。

此外，在整个行程里，我们遇到了形形色色的美国人，他们大多都很乐意跟人交流。通过和他们的交流，我们在获得更多的报道资料的同时，也更加深入地了解了美国社会。恰逢大选，我们问了各种关于他们生活和选举的事情，发现其实以往看到的媒体报道，只代表了一部分人的立场和观点，比如美国跨性别厕所问题，美国主流媒体很少报道亚裔的态度。载我们的司机说，他是亚裔美国人，特别反对民主党的跨性别厕所，家里是女儿，很担心之后会出现一系列问题。再比如，与充斥主流媒体的特朗普侮辱女性丑闻相对的是，支持特朗普的很多选民是女性。她们出于各种各样的原因，支持特朗普。一些人是为了反对希拉里，去支持特朗普的；还有一些人说，其实特朗普团队中女性的福利很不错。美国政治与社会，好比一颗洋葱，只有深入美国，和不同的美国人不断沟通，才能渐渐层层剥茧，接近事情的真相。

此次行程，更是不断地与中外资深媒体人交流，看优秀的前辈如何在媒体行业发挥作用的同时，新闻媒体行业的蓝图也在渐渐清晰。在宾州州立大学的时候，我们见到了"战地玫瑰"闾丘露薇，闾丘露薇曾作为战地记者在一线报道伊拉克战争，她向我们讲授了作为驻外记者的一些实战经验。她举了自己报道2014年美国弗格森骚乱事件的例子，突发新闻中，作为一个一线记者，到底应该为受众带来怎样的资讯：一线记者，在现场，面对本地媒体的竞争、基本资讯已经满足的条件下，应该思考到底能为自己的媒体带来怎样的角度，为自己目标观众带来怎样的角度。在SMG美国新闻中心的大讨论，更是打开了我的视野，使我第一次思考媒体——这个自己可能要涉足的领域的未来。任美星老师给我们介绍了VR技术和大数据未来在新闻业应用的种种可能，而曹景行老师则表达了对科技和泛娱乐化时代，科技的天花乱坠使得冗余信息膨胀，人们信息接受在大数据的机制下越发闭环，人们越发难以接近新闻真相的担忧。

2016 美国报道团心得

陈栩伊　大三　广播电视学

"上外全球报道，世界在你怀抱"。转眼，法国报道团项目已经过去了一年零三个月了。我也从报道团的新人变成了老人。四年一度的美国大选已然进入紧张焦灼的状态，成员们也是心情忐忑地踏上旅程。美国之行与法国截然不同，不仅是地域文化、报道主题方面的不同，行程安排上也大不一样，给了我新鲜的经历、视角和体会。

首先，我们参访了许多媒体，包括中国媒体如央视北美、SMG 北美以及国外电视台 ABC 和国外著名纸媒 *Financial Times*。在央视北美与王冠记者面对面交流国际形势以及对外传播，在 SMG 和各位老师一起讨论媒体未来十年的发展方向，在 ABC 全程观看了著名节目 *Good morning America* 的录制。在 ABC 学习了美国先进紧凑的节目流程安排，这对我的专业学习以及今后的就业发展都是有帮助的。

其次，我们在宾州州立大学学习访问了五天。深度融入 PSU 学生的学习生活，参与了传播学院的各项课程，接收了国外教授的不同于国内老师的教学角度。还参观了他们的演播室，我在演播室里录制了模拟连线的主播视频，感受到了演播室的辉煌。

另外，我们在宾州行程中恰逢美国大选投票日，那一天的行程绝对是终生难忘的。早晨我们分小队前往大学城的各投票站点采访观察。在退休人员之家投票站点，我们小队感受到了美国人民高度的民主参与度。站点前来投票的老人们纷纷将选票投给了希拉里，让我觉得似乎民心所向清晰。到了晚上，成员们和邓老师、顾老师以及曹景行老师在酒店大堂围着电视机收看 CNN 的投票结果。随着一个个州的结果公开，逐渐从认为希拉里胜券在握到大势已去。结果与我们踏上美国土地那一刻起接收到的信息完全不符，体会到了民主的利弊以及人生百态。

写下这份总结时，距离下一程 2017 年法国报道团之行出发不到一个半月了，希望自己能从两次行程中汲取经验，将自己的力量发挥到最大。

年华可堪任诗酒？

娄清卿　大二　国际公务员人才实验班

时间过去这么久，现在回想的确觉得这段经历格外充实。雨果说，所谓活着的人，就是不断挑战的人，不断攀登命运险峰的人。在过去，我惧怕做出大胆的决定，不善于安排时间，对身边的人过分依赖，面对许多应该完成的事情却不愿面对、一再拖延。是保持原状还是做出选择？在我犹豫之际，突然产生了这样一种想法。既然畏惧改变而又渴望改变，既然深陷懒惰而又痛恨懒惰，那么不如现在就挣脱束缚，迎接挑战。

此次参加学校"全球重大事件多语种全媒体报道团"项目，在美国华盛顿、宾夕法尼亚和纽约进行了为期半个月的学习和采访，对于我而言是十分宝贵的经历。在大二学年开始时，出于对新闻的喜爱，我报名参加了复旦大学的新闻学辅修。这次在美国直接开始采访活动，对我而言难度很大，其中最困难的部分是根据受访者的回答内容及逻辑提出问题，继续谈话。在采访中，我从最初的简单几个问题结束对话，到后来一直努力寻找谈话的突破口；在听取受访者回答的同时理清采访思路，联系前期准备的内容，逐步向写作思路靠近，获知需要的内容，能够感觉到自己是在慢慢进步的。

在这一过程中，我首先遇到的问题是缺乏交谈的实质内容，所以我最初所做的是尽力做好采访前期的准备工作，使自己有内容可讲，谈话时不会因为自己了解过少而结束对话。在此之后，我发现做一次完整的采访仍然很困难，因为做好预先的准备之后，开始谈话则会发现常常遇到与自己预想状况完全不一致的受访者。可能最初在采访之前对于采访对象有一个定位和预期，并对此做出了一些后期写作的设想，然而在实际采访之后则会发现前期的构想全部被推翻，之前认为可行的一些"闪光点"其实并不存在，根据自己的思路所得到的内容常常是平淡或是逻辑简单的，最终并不能组成一份完整的内容。反思之后，我认为这是目的性过强的缘故，在最终内容呈现之前并不能用自己的猜测和构想将范围局限，开始谈话时直奔主题，而应该循序渐进，在闲谈中发现真正的不平凡之处。在此之后，我改变了最初的方式，开始尝试从闲谈开始，逐步发现值得报道的内容。这一做法在最初看起来非常有效，因为这样能够详细地了解到一个人的生活，知道他生活的细节，发现很多切入点。但不久之后，新的问题又暴露出来：这样广泛的采集耗时很长，并且得到的信息过于宽泛，造成信息筛选的困难和完成效率的低下。综合以上两种状况，我最终选择的方式是首先做好预先准备，了解背景资料，设想受访者可能的回答，并大致准备针对其不同回答的应对思路，然后在采访开始时以闲谈为突破口，适当采集受访者生活的碎片，然后逐步将问题向自己的主体思路上靠近，适时用新发现的问题作为突破口，改变交谈思路，避免花费过多的时间谈论琐事。这一方法在实践中仍有许多困难，比如难以将受访者所讲信息与前期思路结合，或是难以从中理清逻辑，进一步推动对话的开展。但之后我仍有两个学期的新闻学习机会，结合这一次预先的实践经历，之后我一定可以学习到更多，得到更加不同的体会。

  美国之行对我的影响，最深刻之处在于给予我思考的空间和条件。在报道团中我负责了部分文稿的撰写工作，直至现在我仍然能够清楚地记得当时的感受。撰写出一段段的文字是我所热爱的，但在学校时课业格外繁忙，社团活动不断，每天写一小段感想的要求也被自己抛到了脑后，只留下军训期间匆忙写下的几篇感触。另外在学期中写论文的思路也使得抒情与感慨被束之高阁，在下笔时多了些思考和条理，却少了些真情和实感。再次开始写文章时感觉到了明显的生疏，写出来的内容需要无数遍的修改，因为经过试读总体会到牵强和矫情的部分所在。但在开始写报道的短短几天内，那种熟悉的对于文字的亲切感终于又回到了笔尖，回到了脑海中，回到了心间。对于这种变化，我确实感动得难以言表。在写这一篇心得时，我又陷入了深思。翻看过之前写的各种文稿，仍是会有牵强和造作之感，并且几乎每篇都风格一致，结构类似。所以在写这一篇时，我决定平实地写出心声，摆脱那些美丽措辞的束缚。在美国这短短的时光中，我逐渐丢掉了浮躁的心，视线活跃在人群间，而心绪则萦绕在周围。听着身边的车水马龙声，看着各种新闻机构井然有序地运作，面对着同伴不时捕捉到新角度的惊喜和立刻着手的热情，我竟然发现了自己的成长。过去我一直难以理解为什么有些艺术家以录制最原始的环境声音为创作，但现在我想，周身的一切已然能够引人深思，使人感悟，令人触碰一种更纯粹的心境，摒弃急躁的心，又何须冗余的描绘呢？可能这就是新闻的美丽吧。写到这里，此行的收获对我而言已经格外明显：一则做出决定、面对改变的勇气。这种体会让我心中充溢着一种如同得到极大成就的豪情：刀光铿锵，寥寥恩仇。锋芒惊世，聊歌清秋。二则宁静淡泊、忧思常在的心态。这种心态让我时时在反思，时时在成长：望远方知风浪小，凌空始觉海波平。欲知世理须尝胆，不识烟波更涉冰。正是经过这段时间的研磨，我才敢笑敢颦，可行可止。

卡曾斯说，把时间用在思考上是最能节省时间的事情。我知道年华可堪诗酒，但不堪肆意挥霍，因此我并不会刻意阻止自己无边无际的想法，而是试着在一个又一个新的环境中努力思考。在这个世界上，有谁敢于说自己已经贯通一切歧路和绝境，因而不再困惑，也不再寻找了呢？我将永远困惑，也将永远寻找。困惑是我的诚实，寻找是我的勇敢。

美国之行

余 穊　大四　国际经济与贸易（日语）

我是来自上外日本文化经济学院的大四学生余穊。作为一个非新传（新闻传播）专业的学生，非常感谢老师们给予我这次机会，让我有幸能够作为多语种出镜记者参与到这次报道团的项目当中。在这一年中，我认识了很多有趣的伙伴，遇到了给予我很多宝贵建议和指导的老师与行业精英，得到了非常重要的实践经验和更加开阔的视野。

在出发前往美国之前我们上了一个学年的课程，老师们为我们安排了很多关于新闻报道、写作、出镜等相关的专业课程，并且要求大家分组定期完成新闻报道的作业。这对于非新闻专业出身的我来说意义非常大。我一开始真的是新闻写作小白，基本的新闻稿的结构，哪些内容是新闻所需要的，而哪些内容并无必要都不清楚，我新传专业的搭档金元敬给了我很多资料，加上老师的写作课指导，这些使得我到了美国的时候已经蜕变成一个能够一晚迅速完成几篇高质量新闻稿的文字记者。

从一年前开始，到在美国这段时间，因为我们团队成员来自不同的专业，有不同专业特长与优势，我们相互间给予了很多支持与帮助，相互学习进步。

在美国作业的时候，在选题和立意上，我常常与我的室友汤怡文交换意见。我记得有一次我们在听一段采访英国人的字幕，英国老外很快地说了一个当地展览的名字，我还没有注意到，汤怡文立刻去网上搜索出大量关于这个展览的信息，发现这其实是在英国乃至世界的业界都很知名的一个展览，后来这些信息确实对于我文稿的写作起到很大作用。这件事让我意识到新闻敏锐度的重要性。

而我也运用我在上海戏剧学院学习三年播音主持的经验，给予另外几名出镜记者一些出镜上的帮助。因为我们有同一天模拟各地连线做多语种出镜的任务，其中一名需要小语种出镜的同学之前没有出镜经验，和她搭档的摄影有些担心她第二天的发挥，所以模拟连线前一晚我给了她一些出镜语言组织和培养镜头感的技巧。

我们在美国拜访了领事馆大使馆、联合国以及许多知名报社、电视台，在与业界精英的交流过程中，因为同学们不同的专业特性，大家提问都会站在自己感兴趣的专业角度。比如新闻专业的同学更关心国内外媒体相关的问题，经贸背景的同学会提问国际经济方面的问题，出镜记者们想知道电视台主播们所需要具备的素养，我因为在电视节目的实习经验所以更关心国内外电视节目制作环节上的内容。因为有大家不同角度的提问，我们得以听到不同领域的回答，我认为这也是一个多元化团队带给我们大家的好处。

在这样一个团队，我们用一年的时间培养出了非常高的默契。我记忆最深刻的一件事，是我们偶然撞上了特朗普集会现场，距离集合归队时间只剩20分钟，而我们事先被安排的出镜和摄影搭档并不在一起。但刚好我们有两个出镜（我和理智）和两个摄影（汤怡文和覃锦华），所以我们当时立刻决定组成临时小分队，迅速确定主题，之后两两配合分别完成中英文出镜，并且尽最大可能采访现场民众，摄影们还要利用空隙时间尽可能抓取足够的空镜头。短短20分钟我们临时立意，撰稿出镜，采访，拍摄，四个人各自尽力做好了自己分内的事。当天晚上在做完各自原本的任务之后四个人碰头再合作完成字幕、写作、剪辑，一直做到凌晨五点多。这个活动其实原本并不在我们要求的新闻份额之内，没有要求我们必须要当天完成，完成之后也不会被推送，但四个人都觉得我们在做的是非常具有意义的一件事，大家都不由自主想着一定要把这则新闻高效地做好，不论有没有人看到这则新闻，我们也想做给自己看看。我之前老是开玩笑说新闻理想，但这件事让我真的意识到，即使将来没有立志做一名崇高的新闻记者，但那个晚上的四个人，我觉得我们是怀抱着新闻理想在努力的。

故事还有很多，英语一流的理智同学见到他的偶像——知名记者王冠，瞬间变成害羞脸红的小粉丝；我们遇到过非常厉害的乐队，在街头也不赚钱，但忘我地玩着电子音乐和歌声的配合，在路边长凳上和两个什么都敢说的黑人聊天；在宾州学院附近看到鼓励女性投票的组织，她们的主席，一个七十多岁的老太太跟我们说，她觉得她前世一定是个中国人。当我在网上搜索外国人对于神舟十一号新闻评价的时候，发现大多数人都觉得美国拒绝中国加入国际空间站是不该的，很多外国人都呼吁各国应该为科研事业一同努力而不要老想着战争。这些故事和声音让我真正意识到世界何其之大，而人与人其实何其之近。当我们走出国门，我们看到了很多新鲜与不同，我们也找到了很多相似与共通。

最正确的决定

理 智 大四 英语语言文学

加入全球报道团是我大学做过的最正确的决定之一。这是一个能奔赴新闻一线，与国际大事零距离接触的绝好机会。在我看来，作为新一代中国大学生的我们，不仅仅要学会从"我"出发来看待这个风云变幻的世界，更是要掌握从他人的角度观察分析事物的能力。这就要求我们在读了圣贤书后，多走走多看看。

此次赴美观摩美国大选为我们提供了更加深入地了解美国的民情社情的平台，在观选过程中的参观与交流也让我收获颇丰。美国大选的意义从来都不止于选举本身，这更是一个由全世界一起"参与"的全球盛会。两党竞选时的种种新闻，激烈的电视辩论也将我的这次观选经历变得充实有趣。至今还清楚地记得凌晨的宾州州立大学的师生活动中心，当 CNN 宣布特朗普当选美国总统后一些美国学生失望的表情，更有甚者流着眼泪夺门而出。这些细微之处只有在现场才能够真真切切体会到的。

在大选之外最为深刻的感受就是作为一名记者的辛苦与担当。虽然每个新闻只有短短几分钟或者几百字,但前期的准备与素材的收集工作量是非常庞大的。与搭档一起剪片子,看片子到凌晨四点是常有的事。项目结束再看任何新闻的同时也对标题下面的那些名字多了几分敬意。对于在我身边一直奋战在校园新闻一线,为我们网罗各种消息的新传的各位同学也是由衷的感谢。

离开报道团已经有几个月的时间了,但是在美国那段美好的回忆却时常浮现在眼前。对于我来说赴美报道项目的顺利结束并不是一个终点,而是一个更高的起点。报道团的经历让我开阔了眼界,并为我开启了无限的可能。世界那么大,我得去看看。

最后,感谢报道团各位老师、同学对我的关心与照顾!

赴美团总结

汤怡文　大三　广播电视学

总觉得自己与美国的第一次相遇会是我一个人在美国的街边便利店买瓶橙汁汽水，去西部寻找 the last cowboy，或是去百老汇一场一场地看我都没听说过的演出。没想到，第一次美国行是一次带着任务的"出差"，而且这任务不仅不那么私人，更加有些代表学校、中国大学生的味道。

这些烦扰的思绪让我的美国之行比实际意义的飞机起飞前几天便开始了，作为一个正常的女大学生，我意料之中地有些惊慌了。或许也有人像我一样，在我决定要去做这件事时，脑子里只是模糊地意识到自己的选择是合理且正确的，但实际上这模糊的概念一经质疑就变得摇摆不定起来。在美国行开始前的无数堂课让我清楚地了解到我到了美国该做些什么，但是直到最后一节课结束，我还没想起问自己为什么要去，而为什么又以这种形式去。这又是让我觉得很有意思且值得思量的事了，因为我心中的旅行，虽然要求着种种与当地的双向沟通，像是吃最地道的美食，感受最真实的当地文化。但是这样的双向沟通我是完全仰仗着偶然的巧合和刻意的相遇的，我好像很难找到个回答给他人的理由去解释为什么我要主动去参与当地的生活。"报道团"——

当我们带着这个名称踏上美利坚,我们对所有平凡事物的疑问似乎一瞬间都变得合理了。在这样的心理建设后,我总算可以坦然登上飞向美国的班机了。

相机,纸,笔

在中国,我也会遇到有趣的偶发事件,有时难以遏制的好奇心也会促使我有些鲁莽地上前开始询问。但同时我既无法找到合适的时机去结束我的探究、切断我和陌生人的对话,也无法长远地记住且消化掉我看到的趣事。这些带着"十三不搭"之感的事蜻蜓点水地在我过往的回忆留下涟漪。可是做记者是不一样的,一名取材无拘无束的记者就更加富有乐趣了。探究变得合理且有条理,而有了相机、纸笔的记录,这些记忆都深刻而生动。而在之后的整理、撰文中,再一次的审视也才能真正意义上让我理清这些有趣的事物。

而在美国,或许与美国人本身更加外露的情感和不怎么含蓄的文化有关,这些有趣的事就更多了。我们在马拉松比赛的路边遇见带着政治主见加油的路人,在一个政府机关门口遇见出来透口气的政府工作人员,也在不同的十字路口相遇不同的街头艺人。一两句话,就可以和对方攀谈起来,从自己的家庭到国家政治,在我们的发问下,他们热情地回应着。而也正是借着这样一个机遇,我成功窥见了在旅行路上无法知晓的美国生活。

未　　来

在东方卫视的北美分部,我们和曹景行老师进行了一场关于未来的新闻的讨论。由于我本身对亚文化的偏爱,对 VICE 这一媒体更为了解,年轻化的新闻人正在采取各种新式的科技来呈现新闻——例如 VR 新闻、手机直播现场新闻。在其他同学的表达中,我又被推进了对未来的新闻内容的思考。实际上,未来的新闻在我总结来看可分为技术、内容两方面。而这两者又是互相影响的,比如技术的可能性给内容也带来了丰富的潜能,而内容的需求也在给技术提出构想。作为一名年轻一代的新闻人,对于未来的思考可以让我们跳脱出程序化的思维逻辑来看待新闻,从而在内容上也得到提升。

政　　治

去采访是一种开拓思路的方式,小到一个小小的餐厅选择,大到一个决定国家未来四年决策者的选举,都折射着选择者的关注点。你无法简单地用种族、阶级、地区、性别判断一个人会选择什么,而且他还有可能是选政党,而非领导人。然而种种因素组成的,是每一个选民自主的决定。哪怕所有因素都将一个人推向一个选择,你还是无法百分之百确定他会为谁投出一票,这种随机性也正是大选的魅力所在。从整体的角度,整合后的票数似乎很好判断。但是把每一票分离出来分析,又体现了个人的随机性。

生　日

这可真是意外中的意外,进大学时就得知自己的生日是记者节,之后又得知 2016 年大选日期也刚好是 11 月 8 日,而在阴差阳错和自己的定向付出后,我竟然会在美国迎来我的 21 岁生日,伴随着美国大选的热度。一切巧合的事情总是给人带来一些惊喜的温暖,我自己心里也给自己策划好了如何过节。但是余穑、覃锦华、刘亦恒、姜怡安几个同游伙伴根本没顾虑过我的个人生日计划,"擅自"拉着我去吃大餐。

这也应该是我过了最漫长的生日。由于时差,我过了一次中国生日、一次美国生日,而因为邓老师作为生日礼物给了我去"Good Morning, America!"的机会,我的生日顺理成章地变成了"生周"。

"出差"之行在无数个熬夜赶新闻中度过,也算提前验证下自己的定力。话说回来,我还真的是实实在在长了一岁。

一场梦

魏 澜 大三 广播电视学

时至今日我仍感觉美国之行像一场梦,一场直到离开纽瓦克机场也醒不来的梦。我们这一行三十人左右的庞大队伍,在短短的不到二十天的时间里,去了美国的三个城市:华盛顿、宾州以及纽约。如果让我以一个游客的身份去接触这三个地方,那么华盛顿就是所谓的政治中心,严肃整齐;宾州州立大学就是一个能让我发自内心感慨"哇喔真大……"的大学呀;而纽约就是那些文学、艺术作品里所描绘的"美国梦开始的地方",繁华高贵的大熔炉。但是干这一行,我从出发前给自己的定位就避开了"游客"这一选项,而是作为整个美国之行的专题片制作团队一员,我更想看到每个人,也包括我自己,在以记者的身份努力去深入了解美国社会的过程中,那些日积月累的成长。

由于岗位的特殊性，我和金元敬学姐可以说是最早架上机器开始工作的，在浦东机场和旧金山机场就开始采访、拍摄。尤其是旧金山机场里长达一个白天黑夜的滞留，大家的心态都多多少少发生了一些变化，这时候我们去问他们问题，问他们的感受，可以感觉出对美国之行的期待值随着耐心有着些许的减少。但作为一段难得一遇的经历，我们对滞留这样的小插曲仍然可以一笑而过。其实如果不去计较成果和收获，每一种经历都可以有意义，比如机场滞留。

随后，从抵达的第一天开始，我们就马不停蹄地按照行程去一个一个地方，参观的同时各个小组在做自己的选题，带着好奇心去寻找每个问题的答案。而我们这两个记录者，跟着一个个小组去记录他们的工作。当他们在陌生的街头彷徨着不知道该往哪儿走的时候，我们也停下脚步，拍下那些疑惑的神情；当他们鼓起勇气去完成第一次街头采访的时候，我们举着机器也赶忙跟上去，记录下从生涩开口到自信交流的变化过程；当他们回到酒店开始商量后期和编辑文字的时候，我们的镜头又出现了，那些灵感和创意碰撞出来的火花永远被记录了下来；而当一整天工作结束，他们疲惫的躯体瘫倒在床上，我们仍然举着机器对着他们。不得不说，一开始我们两个记录者其实特别不敬业，有意义的场景出现时却没有意识去掏出机器记录，需要老师的各种提醒，之后便渐渐进入状态。

既然说到每天满满的行程，就不得不提报道团那些高产的作品了。每个小组做好的选题基本都以推送的形式发布在了微信平台上。就风格而言，我们两个专题片记录者做的片子非常不同，华盛顿的回顾和宾州州立大学的回顾都是欢快的音乐配上快节奏的画面，以一种掠影的形式将几天的行程做一个总结回顾。其实我认为它们的作用不仅仅是回顾，更多的是中和所有作品的整体风格，给观众展现我们的生活，同时给予欣赏作品时几个片刻的轻松时光，同时也是给报道团同学们留下一个回忆的载体。每每想到这一层的意义，不免满心欣慰和欢喜。

金元敬的美国之行

金元敬 大四 广播电视学

作为一个广播电视专业的大四学生,能在美国大选期间参与这样一个多语种全媒体报道团,把所学灵活地运用到实践中来,着实受益匪浅。

这次报道团我被分配在只有两个人的专题片组。这就意味着我们非内容生产者的身份,同时也意味着我们两个人要从头到尾端着机器记录下所有报道团成员的日常、工作和成长,用以剪成一个巨型专题片。除了视频,还要负责每天用相机记录下来报道团成员们或可爱或严肃的"工作照",有认真听课的,有紧张提问的,有津津有味参观的,也有不分昼夜剪辑的。总的来说,我的工作不需要说话,从早到晚只需要端着机器,拍照片和视频,每两三天剪出来一个回顾的视频,然后行程结束之后再剪一个总的专题片。就是这些。累又觉得幸运。很奇妙的一次体验。

之前三年的时间在学校里做过的采访数不胜数——为了完成各种课程的作业。多数情况下我们都会提前"约"采访。提前找好相熟的采访对象,提前给采访对象发过去采访提纲,甚至提前去架好机位布好光……这次报道团的经历彻底瓦解了我对"采访"二字的固有印象。在突发性新闻面前,记者能够七手八脚地和摄像奔过去赶上采访本身已经很知足了，大概在奔过去的路上能够打打腹稿想想自己的出镜稿，至于一会儿要问什么问题，能够采访到谁，会拍到什么样的画面，统统都是未知数，很刺激也很有挑战性。因为要跟拍每一个同学的画面，所以在十多天的过程中捕捉到了很多记者的紧张和胆怯。在采访路人的过程中，在采访大使的过程中，在采访蜚声国际的报人的过程中，都可以感受到一个 non-local reporter 对于自己语言上的小小不自信和对于采访对象的敬畏之情。然而实践的意义大抵就是磨炼的过程。十几天下来，我们可以看到镜头里的记者们慢慢在镜头前的收放自如和气定神闲。"采访"再也不是走过场一般的念一遍稿子。

本次行程的最深生理感受其实是，累。每个组每两三天就要出一篇作品。也就意味着每个组在这两三天的时间里需要定好选题，完成采访和拍摄，晚上回来剪辑或写成稿子，在每天早上发推送之前交给负责推送的同学，这样才可以保证推送的效率和质量。所以大家常常都是后半夜才可以睡觉的，更有甚者为了赶稿子或赶片子通宵工作。大概是为日后成为职业媒体人埋伏笔吧。我的工作基本就是修图和剪片子。每天大家回来会根据自己的选题跟我要图。各组调出来要用的图我就要抓紧修出来，全都修完之后才有空剪我们自己组的片子。所以很多个月亮高挂的深夜，我们就窝在宾馆昏黄的灯光下，伴着咖啡因相互鼓励、相互鞭策、相互协作着，全力以赴心中的梦。

报道团同行的成员和老师们总是可以成为拖着疲惫身躯迎接第二天的"鸡血"。说心里话，大家都太优秀了。有的时候看到曹景行老师充满求知欲地去采访路人，看到任美星老师和各种媒体界的大佬们谈笑风生，看到同学们站起来自信响亮地对着国际知名的那些媒体人问出藏在心中的问题，一瞬间我都会恍惚，是不是和这群优秀的人共事、被他们感染、从他们身上学习才是此次行程超乎"报道美国大选"的更高级意义呢？会发光的人总是能够激励平凡的我要像他们一样啊。

关于这次多语种全媒体报道团队，真的很幸运，也学到了很多，获益匪浅。

且行且感且思索

——2016年赴美报道团归来小记

姜怡安　大三　广播电视学

去做历史的见证者，去做文化的感受者，去做街头的发现者……触摸、感知、探索、亲历……2016年的秋天，特朗普当选美国第58届总统，有人说这是一个"乱世"。很荣幸，能够身处"乱世"第一线发回报道，更荣幸的是，能够在"乱世"之中，收获锻炼、思考、静谧以及感动。

华府的阳光见证初次的尝试

华盛顿是美国之行的第一站。相比人流涌动、行色匆匆的纽约第五大道，这里让我情有独钟。在林肯纪念堂门前，我和我的搭档在那里花了一下午的时间去做街头采访。午后，华府的阳光正好，暖暖的，但内心却有些担心甚至害怕，害怕对方会拒绝自己的采访，害怕自己听不懂对方的回答。但也很兴奋，终于要在异国街头开始像一个记者一样在街头采访了。在这样有些矛盾的小情绪中，开始了随机的"抓人"。说是随机，其实也是有选择的。会挑一些看起来亲切一点的，从在公园里散步的老年人开始。果然，这些爷爷辈的老人们非常慈祥地接受了我们的采访，在镜头面前侃侃而谈，结束时还主动和我们握手。一段接一段的成功的采访，让华盛顿的阳光洒在身上，更感温暖。状态逐渐提升，也开始敢于在路上拦下越来越多的过路人，有老兵，有学生，有阿根廷人、爱尔兰人、比利时人……不知不觉中，华府的阳光渐斜，下午的自由采访也渐近句号。类似的街访之后也做了几次，在白宫门前，在乔治城大学……每次再举起"小蜜蜂"，"Excuse me"时都更显从容。而这，无疑要归功于这一下午的历练。

未来的讨论引发内心的触动

在美期间，从乔治城大学到宾州州立大学，从新闻传媒到国际关系，我们有幸聆听了多位教授的讲座，然而于我个人而言，受到启发最大的却是在SMG北美总部的那次大讨论。SMG的任美星老师抛出了"十年后的媒体会是什么样子的？"VR、自媒体，信息爆炸，媒体门槛变低，未来媒体到底何去何从？记者到底应该以什么样的身份来出现？如此热烈的讨论氛围在国内大学课堂中并不多见。偶尔还掺杂着一些辩论。在整个讨论中，核心点从新技术与传统媒体记者职责的矛盾转向资本与新闻理想的矛盾。在靠后发言的我，听着前面同学的意见，也在不断思考，一边了解他人的想法，一边也在使自己多想一些别的不同的意见。在这一思考与聆听的过程中，也意识到自己作为一个新闻传媒的学生，对于媒体的观察却还远远不够，不少想法是想当然而缺乏依据的。如果说整个讨论过程中，我们是抽离出来以宏观视角来分析评判的话，邓老师在总结时的最后一点却又将我们"打回原形"："你们个人要在未来的媒体中承担什么角色？"带着这一问题，参观ABC，参观美国大学校报，看CNN的选举夜报道，然后带着这一问题从纽约飞回上海，带着这一问题继续上课，但愿未来的自己能够给这个问题一个满意的答案。

宾大的草坪　安享专属的午后

去之前，有同学说11月的宾州有可能会有雪。然而，宾州迎接我们的不是银装素裹，而是色彩斑斓。行走在宾州州立大学的大草坪上，任由阳光铺洒满整个草坪，举目而望，所有的树披红带黄，当然也掺杂着松树的绿，风景如画，其景醉人。秋风过，树叶落。古陶渊明有"落英缤纷"，而这亦可谓"落叶缤纷"。仰面躺在草坪上，蓝天白云是全部的视界，偶尔有一个拉着广告的飞艇闯入。听闻周围的欢笑嬉戏声，侧头去看，原来是曾经的校友带着妻子和孩子来这共享周末下午的美好时光。年轻的父亲与儿子扔着橄榄球，跑着，笑着……一旁的母亲拿着手机，默默地定格着一个又一个的幸福瞬间。那天是宾州州立大学橄榄球队的比赛日，尽管晚上才是比赛，但是白天已经有许多这样的校友带着家人重回故地，或参观、或会友，都统一地穿上了印有"Penn State"的衣服，这样和谐愉悦的氛围令人陶醉。写到这里，不禁脑海中响起橄榄球赛后近十万观众高唱校歌的动人场面，"Yet we'll ever loyal stand, State to thee, State to thee"。

回国一周后，偶然在一节课上发现有同学和自己一样，穿着"Penn State"的纪念服来上课，不禁相视而笑，随即深深感慨"真的好怀念在美国的时间"。美国的经历已然过去，回到上海一切照旧；美国的经历却也永远不会过去，这是2016年的这个"乱世之秋"，留给我最珍贵的回忆。

团队成员札记

难忘美国行

刘亦恒　大三　广播电视学

短短二十天不到的旅程，收获了不一样的体验。

旅途的开始并不像预计的那么顺利，转机的延误、在机场的逗留，在超过四十八小时的逗留后所有人员才顺利抵达了华盛顿。随后的行程都较为顺利，我们一边访问各种学者、教授，一边发掘并完成着自己的选题，在这过程中有很多的发现与体验。

在这里想详细谈谈自己的收获。在报道团中，我是视频记者，主要负责采拍以及后期的剪辑制作。

勇敢踏出第一步。在出发前往美国之前，我和小组内的成员便开始讨论商量去美国以后要研究些什么，要采访些什么人，要拍些什么，有一个大致的框架也基本清楚该怎么做。

在抵达华盛顿第一次自由解散以后，我们便开始寻找自己的采访对象。真的到了那里以后我们才发现，举着单反拿着话筒，向着自己的采访对象踏出第一步是一件多么困难的事情。"哪个人看上去会接受我们采访？这个人走得太急了一看就是在赶路，换一个吧？那个看上去心情不好，换一个吧。"就在这种对话间，我和姜怡安四目相对了一会儿。在发现一个独自坐在长椅上的老人后，我们决定踏出这一步。简单向她说明了我们学生的身份以及做作业的目的以后她同意接受我们的采访，在与她的交流过程中不得不承认我们紧张的情绪还没有完全平复下来，直到采访了更多的人以后我们才渐渐体会到这并不是一件难事，只要敢于踏出第一步，当然也有采访被拒绝的情况，那时会感到非常尴尬，但是在习惯了以后并不会在意这些小挫折，而是马上将目光转向下一个可能接受我们采访的目标上面。

要有计划，但不能被计划所束缚。随着采访数量的变多，愿意与我们交流的人也越来越多，除了有关我们选题的内容外，他们也提到了很多有趣的事情、观点，虽然不在计划范围内，但是经过与老师的商榷后我们将这些内容也剪了出来制作成了另外的作品。这个过程就是一个发现选题的过程，若是紧咬着计划与原本的选题，不够灵活，制作出来的作品也会相当单一，计划只是一个方向，真正的实践过程是向着计划根据情况慢慢修改的。

另外的收获便是对于美国大选进一步的认识与理解了。在去美国之前，美国大选知识来源于网络与电视，而在去了美国之后与当地人以及学者、教授的交流后更深一步地对如今的大选有了全面的认识与理解。在投票站观察以及采访中非常全面地了解到了美国大选投票的流程，这是非常难忘的经历。

总的来说，在美国的经历使我的技能更加熟练，思维更加清晰，对于美国这个国家的政治与历史有了更深一步的了解，收获了珍贵的回忆。

触碰文化，深入感知，亲历历史
——我的美利坚之行

张 弛 研二 新闻

2016年10月28日到11月14日，18天的美国之行，成为我不管多少年以后，都难以忘怀的独特记忆。

三年前，我以交换生的身份在美国待了半年，沿着美国东海岸走了一圈，与这次美国行的路线几乎一致。但与三年前观光客的身份不同，这次以一名记者的身份，不再只是走路看风景，而是与不同身份的人聊天、交流，观察、了解美国社会，通过镜头和文字记录下这一次美利坚之行，对这个国家有了全新的认知。

华盛顿特区，宾州州立大学，纽约，新闻博物馆，NASA博物馆，白宫门口的万圣节集会，犹太人大屠杀纪念馆，联合国总部，中国驻纽约总领事馆，CCTV北美，SMG北美，ABC《早安美国》，《金融时报》……这些地方都留下了报道团的足迹。18天的行程满满当当，从博物馆到政府组织、NGO，再到各种各样的媒体机构，我们白天一边参观一边寻找选题一边采访，晚上回到宾馆写稿剪视频，每天都连轴转，一天只有三四个小时的睡眠，但是却感到十分的满足和充实。我想，这是大家对这份职业的热情吧。在美国的18天，我想我会怀念的，还有和小伙伴们并肩战斗，一起熬夜的日子。

出发之前，报道团进行了整整一年的培训，培训内容涵盖新闻采编方面的内容，例如从如何找选题，如何采访等，也包括对美国社会、政治的讲座。因此在出发之前，我们每个人心里都已经对于到了美国自己做什么内容，有了一定的想法。但是到了美国之后，每天在路上同学们都能发现新的选题，不同的角度，不同的想法，对于每个人的想法，老师都给予了支持和指导，给了我们足够的自由去发挥去实践。

这次去美国正好赶上了美国大选，我们刚到的第一天就碰上了一个亚裔美国人支持特朗普的集会。那是第一次我到采访对象旁边，把话筒伸到他嘴边，一开始仍旧有点怯怯的，担心自己的问题不够深入，不能写出有价值的报道，也害怕采访对象不回答我的问题。我记得当时随行的指导老师曹景行老师说，你们到的第一天，只要能走上去采访就很好了。

事实证明，这18天的锻炼让我从一开始那个怯怯的记者，成长为后来一看到采访对象就立即"扑上去"的"狼"。我后来跟我的搭档在美国街头采访了很多学生，想要了解他们对于此次大选的看法，其实采访并不是那么顺利，因为不是每个人都愿意面对镜头说出他们的想法，被拒绝了很多次，但是也遇到了很好的采访对象。被拒绝多了，有时候的确有点挫败，但是这让我知道记者就是要有一点"韧劲"，不采访到最想要的东西，不罢休。

大选日那天，我跟我的搭档早上六点到了投票站，一直工作到第二天凌晨四点，没有一个人喊累，大家脸上都是兴奋。11月8日对于美国人民来说是很重要的一天，他们选出了自己的总统，而我们也在现场见证了这一事件的发生。采访了很多人，有支持特朗普的工人阶层，有支持希拉里的白领，有LGBTQ Community的学生，作为记者，从不同的角度去了解美国，去深入了解最普通的美国人，也用自己的笔告诉了在国内的读者，在这个国家发生了什么，想到这里，就觉得自己做的这一切都有意义，所有的辛苦也都值得。

这次美国行，我们还去了很多的博物馆参观。忘不了新闻博物馆、NASA以及犹太人大屠杀纪念馆，每一个博物馆独具匠心的设计与讲述历史的方式，都深深地把我吸引，让我不再局限于眼前，让我知道了世界的广阔，而这，是一名准新闻人应有的胸襟。

我们也去了很多的媒体机构。忘不了去央视北美听王冠讲怎么在美国做新闻，传播中国声音，也受益于去 SMG 北美分台与优秀同龄媒体人沟通，听他们讲自己在报道美国大选的时候发生的故事，这些故事和经验，对我来说都是极其宝贵的财富。在 ABC《早安美国》时代广场的 studio 里，全程观摩了一档早间新闻节目的现场录制过程，也到《金融时报》的办公室里，和主编坐下聊了聊新闻。

这次参加上外全球重大事件全媒体多语种报道团，可以说是给新闻专业的我一次全方位的实践和学习，不仅开阔了眼界，加深了对美国社会、政治经济文化的了解，而且在一次次与优秀的前辈导师的沟通、一次次采访实践、一次次参观交流中，逐渐意识到自己在成长为一名优秀的、专业的国际型记者过程中还有哪些欠缺，又有哪些优势，也让我自己认清，自己对于这个职业，有多大的热情。可以说，经验的积累以及信心的增加，是我这次美国行最大的收获。

上外的校训：格高致远，学贯中外。而报道团此次美国行，恰恰无形中锻炼了我们更好的跨文化沟通能力。我们可以在纽约、在华盛顿、在宾州街头与不同种族的人聊天，进入美国校园与大学生聊政治经济，也可以对大学教授进行"专访"。我的国际化视野与跨文化能力，就这样在一次次地锻炼中得到提升。我想，这对于我想要成长为一名国际型记者，是不可缺失的素质。

曹景行老师，邓老师，顾老师，SMG 的两位随行记者，以及在美国遇到的优秀的各位中美记者，他们都在如何采访、如何写稿等专业角度帮助、启发过我。我们同学也经常一起开玩笑说，这 18 天的强度，以及学习到的东西，可能比一个学期在课堂里学到的还要多。现在的我，不害怕在任何陌生环境下采访，也不害怕与不熟悉的人交流，不论是哪个种族哪个国家的人，都可以勇敢地上去问他问题，这种信心不是在课堂上可以获得的，只有真正走出去、去实践，才知道：我也可以！

美利坚寻访记

黄 野 大三 网络与新媒体

那一天我二十岁,在我一生的黄金时代,我有好多奢望。我有梦,有爱,还想在一瞬间变成天上半明半暗的云,来一场穿越世界的旅行。二十岁之前的自己由于种种原因被困在局限的生活环境和狭隘的视野中,很多决定都是被动的;如今的我终于可以自己做选择,而我只想活得稍微不平凡。也许尚未具备改变世界的能力,但至少要在这黄金时代千锤百炼,不被世界轻易改变,所以我选择背上行囊,去看看地球的另一端正在发生什么,同时换个维度透过他们的视角看看我曾经生活的土地。在大数据时代的今天,年轻是我们的资本。也许,我们振翅时,空中会有罗网;我们奔驰时,可能会从马背上摔下;我们跋涉时,灌木丛中会遍布荆棘……但是因为热血,我从未停止追求的步伐,我的视界也正因此变得宽广辽阔,人生正在这二十岁的开始变得熠熠生辉。上外全球报道,世界在我怀抱,是它给我一次成长的绝佳机会,使我明白无穷的远方,无数的人们,其实都和我有关。

从 2015 年年底开始报道团成员经历长达近一年的培训,带着憧憬终于在 2016 年

10月28日向美利坚出发了，不论之前听过多少讲座、做过多少练习，都不及这18天的亲身实践体验来得真实，来得新鲜，来得感动。这十几天即使大家每天严重睡眠不足却依然精神饱满，现在还时常后悔当时睡得太多，很多事情还没做完甚至没有经历够，怎么就突然结束了。

厉害了，我的团！

作为一名初出茅庐的文字编辑，这次去美国的采访任务挑战也并不轻松。现在是新媒体时代，观众读者不仅希望读到内容质量高的文章，同时还给新闻报道的视觉呈现效果提出不少要求，希望读到吸引人的标题、头图，在文中插入有趣有意义的视频，当然要是有信息数据图就更加分。文字早已被赋予了新的意义，所以我当时不仅需要独立完成选题，综合考虑这些选题的可行性，进行取舍，还要同时学习提升摄影剪片等各项专业技术素养，这给还未拿到网络与新媒体专业学位证书的我带来一定的挑战。好在我们的精英团队，大家来自各个领域并且各有专攻，语言有困扰可以随时求教小语种的同学，拍摄剪片有疑惑的可以及时敲门广电的同学，甚至有机会接受业界资深媒体人曹老师的一对一教学指导，精深晦涩的国际关系知识可以求教国政学霸，还有深度报道写稿细节在给老师审稿前也是可以先请教新闻学研究生学长学姐们……第一次特骄傲我们无敌的多语种全媒体报道团队！这些资源都助力我完成了一篇篇作品。

哇，年轻人对社交媒体如此理智！

由于受专业影响，我主要聚焦社交新媒体方面的新闻，而恰巧这次访美遇上了如火如荼的美国总统大选，想想每天自己在微信微博上看到各种希拉里和特朗普两位不凡之人的大战，就更好奇美国的社交媒体生态圈了，这些社交媒体报道岂不会在美国早已炸开了锅？而年轻群体又是社交媒体中的主力军，而在美国18岁的青年就可以投票，看到成堆的报道会不会改变年轻人的态度，甚至提高他们的政治参与度而参与投票？带着这些疑问我来到了美国，寻找契机尝试了解美国年轻人的想法。幸运的是，我们有机会来到一些大学城，所以在华盛顿的乔治城以及宾州州立大学采访了不少大学生。更幸运的是，去宾州那一周正好碰到美国橄榄球大赛在宾州州立大学举行，整个大学人声鼎沸，这种空前盛况是我在任何一所国内高校都难以见到的，这样一来我就有更多的机会了解到年轻人的想法。然而出乎我意料的是，竟然受访者里90%都选择不会受社交媒体的影响，即便承认社交媒体对大选有着极大影响，但大多数人还是会选择听信像传统CNN一类的主流媒体报道，因为数据和信源依旧对人们的选择有着极大的影响。这让我不禁想到与国内各大传统媒体纷纷转型不同的是，在美国随处依旧可见各类小报亭，纸质版报纸杂志就像是"永不落的太阳"，充斥在各个街头、餐馆、地铁、便利店、酒店大厅等公共场所里。虽然说现在美国的各大主流媒体也遭遇信任危机，但是不论如何，在采访过程中，我还是收获到了一点——批判性思维，即任何现象我们都要看本质，用准确的数据去核实内容真假，这样才不会盲目随大流，失去理智的判断。

图为华盛顿街上随处可见的"小报箱"，报纸均免费，最左边是《中国日报》。

我的采访炼狱史

其实我本来对新闻行业是比较排斥的，毕竟这是一个又苦又累又危险的工作，但经历了这次实践，我竟有点爱上它了。即便未来自己不从事这一行，这次的采访经历都将是我人生中一段极为宝贵的财富，接触不同的人真的会对自己价值观的塑造带来各种影响和启发。

之前在学校里做采访可以说比较轻松，实在找不到采访对象可以找同学帮帮忙，但是现在我们完全在一个陌生的环境里，要主动出击，第一天刚下飞机就赶去采访一场在弗吉尼亚举行的亚裔特朗普集会，面对如此多陌生的面孔，我特别虚，看到摸不着头脑有点胆小的我们，曹老师一声大吼："快去呀，那边都是可以采访的人，干吗一群人挤在一个人面前采访，冲过去！不要怕！"立马我和几位学姐就带好录音笔和摄像机搜寻可采的对象，再过一会，我一个人也独立完成了对一位华裔女性的采访，并且从她口中知道了很多有意思的故事，包括她是如何看待堕胎的，公立学校的教育问题，一个基督女教徒为什么支持特朗普以及华裔的生活现状等。这是我在美国采访的第一次试水，也算是突破了炼狱的第一关。有了素材，便有了极大的信心，但如何运用这些海量的素材讲故事又是一个难题，听一个亚裔的故事除非这个人物个性特别鲜明，否则得多无聊，因为大部分是一个人的观点。当时困惑的自己感觉这个素材就快要作废的时候，邓老师带着我们全体成员开了一次会，引导我们如何展开合作，将几个成员的相同主题素材结合起来讲一个特稿。茅塞顿开后，立刻与几位学姐达成一致，一篇讲述华裔的特稿就这样出炉了。那一晚，听着超长的录音写着稿，看着时针从十点走向十二点再走向凌晨两点、三点、四点，却都不再感觉疲惫。有着第一篇的采写经验，之后似乎顺畅多了，直到后来又吸取一个大教训。当时和两位学姐约着去采访宾州州立大学的一位国际关系教授，我问到敏感的核问题，而后来编辑稿件时由于笔误将 they 写成 we（中文倒没有错），老师也由于忙碌疲惫夜里审稿失误，第二天公众号发出后大概五分钟就被发现并要求删除。这是一篇头图，而恰好里面其他内容很充实，我们只好等待修改下次重发，但还是带来一定的影响和遗憾。那一次让我深刻意识到作为一名合格的新闻人是需要有 100% 的严谨和细心。毕竟有些失误是不可挽回的。

继往开来：
上海外国语大学多语种全球报道 2016 美国项目实践

图片拍摄于宾州的某个夜晚的凌晨两点，大家依然在宾馆为各自的作品奋战。

精彩绝伦的文化之旅——我的"第一次"们大集结

繁忙的采访之余，我们白天大部分时间都在参观着、膜拜着，从央视北美分台到 SMG 北美新闻中心，从驻美大使馆到纽约领事馆，从 FT 到 ABC News，从白宫到华尔街，从大都会博物馆到联合国，从 AJC（全美犹太人委员会）到犹太人纪念馆……踏遍美东各大高级机构，经历了我人生中太多太多的第一次。

第一次吃到传闻中最好吃的宾州州立大学的冰激凌，第一次看一场 8 万人聚集的橄榄球赛（以至回来看《比利林恩的中场故事》都格外有感觉），第一次亲眼看见游行示威并且没有电视播出的那么凶险，第一次在华盛顿看到那么多的博物馆还都是免费的（除了新闻博物馆），第一次在摇摆州（宾州）经历"惊心动魄"的大选直播，第一次参加正式的社交晚宴等。此外，还第一次在可爱的小伙伴们的陪伴中度过了 20 岁生日。过完便去采访了候在白宫门外"trick or treat"等待奥巴马夫妇发糖宠幸的美国小朋友们，这种盛况当然也是我第一次见到。

其实我们这次报道更是一次文化传播之旅，除了采访报道当地美国人民的生活之外，我们也在无意间做了传播中华文化的使者。记得在宾州州立大学采访时遇到了可爱的一家人，父亲带着俩女儿，采访快结束时，那位父亲好奇地问你们是从哪里过来的，韩国吗？日本吗？当说完我从中国上海来的时候，他更好奇了，一直询问我们离美国有多远，为什么这么小就可以说好多国语言，跟他介绍完我国基本情况后,他便决定下次一定带上全家去中国旅游!

图为对中国很有兴趣的一家三口。

厉害了,我的犹太小哥

参观完犹太人纪念馆后,心情一直很压抑,太多画面场景不禁让自己联想起南京大屠杀。虽然小时候在课本里学过,但依稀的片段在这个场馆里全部用生动的影像资料展现在面前,特别清晰深刻。这也催生着我去更多了解这个伟大的民族,一回来就在图书馆重温了一遍《安妮日记》,泪流不止。观看 SMG 纪录片《犹太人在上海》更是颇有感触,尤其讲到"世界拒绝犹太人时,上海却是个例外"……当时在 AJC 采访到的一位实习犹太小哥,也令我印象非常深刻,他只有 21 岁却已精通中文和国际关系,尤其是中美关系,其未来理想是想致力于研究中美的政治经济外交政策,SMG 的任美星老师当时就大胆预言他可能会是"未来的基辛格"(美国国务卿),可见犹太人的学习精神和伟大抱负是始终值得我去学习的。

美国行:一个都不能少

何文琪　研一　新闻学

上外全球报道,世界在我怀抱,是它给了我一次成长的绝佳机会,使我明白无穷的远方,无数的人们,其实都和我有关。我们肤色不同,语言各异,却依然可以拥有很多共同交流的话题,在向国内的朋友们展示美国人民丰富多彩生活的同时,也向美国民众传播着博大精深的中华文化,我想这就是全球报道的魅力,通过多语种、全媒体的方式进行跨文化多元传播,进而互相理解彼此的文化。现在回想起来,还是会像做梦一样,想想那些共同熬的夜,不论多晚交稿,邓老师和顾老师的一句"秒回"都让自己打起十二分的精神继续修改。困了累了小伙伴们一起买杯啤酒互相激励,这种同甘共苦的工作学习氛围实在太棒,毕竟这种感动到骨子里的时刻不是那么容易就能遇到的,我的黄金时代,越努力越幸运。

我想很久以后,我都会记得,当时的我们是怎么样一起体验一起感受一起绞尽脑汁想选题,然后一起熬夜写稿件。我们一起看过凌晨四点的华盛顿,一起在晨光熹微中的宾州兵分六路做采访,也在凌晨五点半的纽约出发参观ABC。18天的相处中,我们在对方身上发现很多闪闪发光的特质，比如认真、比如勇敢、比如好学、比如优秀，但旅途的最后我们在彼此身上看到了一个共同点——成长与进步。

18 天很长，足够让我们经历很多我们了解之外的事情，去接触一个我们没有看过的世界。因为经历太丰富，在充分利用下，时间被无限扩展与延长，所以这 18 天比任何其他一个 18 天都要充实和丰满；18 天很短，仿佛是一转眼之间它就过去了，都还没看够听够感受够，我们便踏上回国的旅程。

18 天里，我们是最亲近的伙伴，走到哪里都不能落下谁，"一个都不能少"，这就是我们。

大部分的时候，我们是活跃的、嘻嘻哈哈的，私底下打打闹闹或者有说有笑，有活动做采访时我们一秒变认真。对所接触的一切我们感到新鲜，像海绵一样吸收和学习新事物。在新闻博物馆，因为要抓紧时间，我们宁愿不吃午饭请求老师延长我们逛博物馆的时间；我们也因为参观国会在图书馆流连忘返，过了饭点后在华盛顿街头的路边小餐车买午饭吃，11 月份的华盛顿还是分外暖和，我们就着阳光坐在室外桌椅上分享食物，也吃得津津有味；参观全美犹太人协会，一个多小时的讲座和交流并不能让我们满足，结束后从 7 楼到 1 楼，意犹未尽的我们拉着机构负责人在大厦门口又采访了大半个小时……很多时候，我们会因为忙着采访或者收集信息而忘记老师给我们规定的集合时间。记得在白宫前，老师让我们自由活动去采访白宫万圣节活动的参加者，规定在五点半集合，但等到同学们做完采访集合，最后发车离开时已经接近六点半；也记得到达华盛顿的第一天我们去一个亚裔集会上，最后活动结束大家都上车了，我一个人还在会场采访一个华裔，完全没有注意到周围的同学都不见了，直到老师回过头来找我。

白天我们忙着参观和采访，晚上活动结束后回到酒店便是开会和讨论选题，确定选题后利用休息和睡眠的时间工作。有选题就意味着要熬夜，但这并没有影响大家提出选题的积极性，谁也没有因为熬夜或者出任务以及疲劳有过怨言。可能我们偶尔会因为等待比如等车等入场浪费时间有过不耐烦——"这点功夫用来写稿子多好"。可能我们都有这么想过。劳累是会有的，从这里到那里的交通中，大巴车上我们经常也会累得睡着。但劳累都是值得的，因为付出往往伴随着收获。经过一段时间的实践之后，大家都在进步。初始阶段采访时的些许犹豫和担忧很快就不见了，遇到采访的对象，我们总能迎面走上去把对方"截住"，就算被拒绝也不会觉得受挫；

采访的提问也不是非得准备得百分之百充分，临场发挥更加自如……并且，看到自己的劳动成果发布在公众号上，也觉得十分开心。

　　构成我们这次行程中很难忘的另一部分，便是它的"高大上"。从前只在电视和互联网上看到的名人，比如闾丘露薇、王冠、曹景行老师、美国前大使、中国驻华盛顿大使，比如 ABC 电视台的制片人和主播，这次我们也都接触到，甚至是进行面对面的对话并向他们提出问题；从前对我们来说很厉害的机构，比如联合国安理会、央视北美分部、SMG 华盛顿办公室、《金融时报》、ABC、中国驻华盛顿大使馆等，我们这次都十分有幸地进行了参观和近距离观察。可以说，用"大开眼界"来形容我们此次的见闻一点都不为过，对于作为学生的我们来说，这样开阔眼界的经历应该对我们未来整个发展都是大有裨益的。

　　但我们并没有把一切看作是理所当然，我们珍惜每一个机会，知道这背后老师们的付出和竭力争取；我们对每一个给予我们帮助的人表示感激，在每一个采访的最后用心说谢谢，对每一份所得到的善意回馈微笑。在宾州，我们一起去看了橄榄球比赛，和 8 万美国民众一起呐喊。听说往年的 11 月，宾州偶尔会飘雪，尽管 2016 年天气很棒但晚上的风还是带着刺骨的寒意。邓老师没有吃晚饭也陪着我们坐在寒风中，为的是让我们感受美国人对体育的喜好，我们非常感恩；在全美犹太人协会，我们感恩工作人员的体贴，替前来交流的我们准备好了三明治；SMG 的任美星老师一路上照顾我们，鼓励大家发展自己的潜力，替我们安排行程，为我们多方协调争取机会，我们看在眼里，心里十分感激……

　　总结来说，这浓缩的 18 天，比得上我在学校收获满满的一个学期。

团队成员札记

在美国，我第一次被夸当记者很"专业"

冯诗豪　大四　阿拉伯语语言文学

大选报道团中，我有着文字记者和阿拉伯语出镜记者的双重身份。在大选日当天被分配到宾州州立大学附近的一个设在养老机构的投票站点采访。当时我们需要完成数段和演播室的"模拟连线"，其中包括阿拉伯语的出镜。投票站一段难忘的采访经历，意外地让我收获了"很专业"的夸奖。

从美国回来休整一周多，上海已完全入冬了。校园里的梧桐叶历经秋风冷雨的洗礼，落满了走道，让我不禁想起从华盛顿开往宾州的大巴车上，望着窗外漫山遍野的黄叶时，心里涌起的那种对当下生活的感恩和感动。

回顾整个大选报道团的旅程，经历最多、体验最深的一天当属此行目的的核心一天：美国大选日。

前一天晚上，大家一起去参加了宾州州立大学传播学院师生为我们准备的接待晚宴，我不仅见到了久仰的钟布老师和闾丘露薇老师，还结识了同样热爱新闻的美国同学，才华横溢的华裔"未来记者"。晚宴之前，老师让几个出镜记者在大家面前演练一下第二天的出镜报道，我因为并没有准备好阿拉伯语的内容，就用中文即兴出镜了一段。我调动自己的状态，试着以一个很积极的精神状态呈现这一段出镜。邓老师看完我的演练后"旧事重提"，告诉大家我曾是主持人比赛第二名，当时老师同学们肯定和鼓励的目光，包括曹老师给的指导，很大程度上提振了我的信心。

晚宴过后，老师对第二天的六路人马再次叮嘱，我在学校里买了一个宾州有名的大冰激凌,又到学生活动中心(也是第二天的投票站之一)考察了一番。十点左右回到宾馆,接着准备第二天的出镜采访。

我被分配到的投票站是在学校附近的一个名叫"foxdale"的老年疗养中心。投票站的注册选民都是附近的居民,所以这个投票站的特色就是会有很多老年人和退休人员。我把整理好的信息写成一段出镜词,然后翻译成阿拉伯语。就在我忘情地自我演练时,同屋的雪儿不知不觉睡过去了(据她后来说,当时觉得阿拉伯语很好听,只不过听着听着都没意识就睡着了)。此时,时间已经过了两点。

第二天,投票站七点开始投票,我们六点一过就要出发。所以大部分人的起床时间,都是五点。

到了投票站,我们先找到负责人,一位头发已花白但精神矍铄的女士告诉我们,只要不进入投票大厅,外面排队处"怎么拍都可以"。离开始投票还有半个小时,投票大厅前已经排起了长队。刚刚到位的我们整理整理自己的情绪,采访马上就要开始了。

我先走上前去跟排在队伍最前面两位老人攀谈起来。这两位中一位已经头发全白,身坐轮椅,另一位年龄没有那么大,看起来像一对年迈的母女。然而稍微一聊才知道,她们只是今天恰巧在投票站遇到,稍微年轻一点的女士就多照顾一下坐轮椅的老奶奶。我问两人愿不愿意在投票过后来接受一下我们的采访,她们爽快地答应了。

相机搭起来后,队伍里的民众纷纷向我们投来好奇而善意的目光。两位选民走出投票大厅后主动等在一旁接受我们的采访。我基本上是按照之前沟通几个问题来问,为什么早到,投给谁,最关心的议题是什么,两人的回答也都很完整。但因为我没有注意到开头和主播室"连线"的现场感,这段采访虽然内容比较丰富,但是还没达到可用的标准。

第二次采访,我又邀请了一位老奶奶选民,但可能由于她对每一个问题的回答过于短促,我感到这段采访有点干巴,不由自主地紧张了起来,结果结尾说得太仓促了,仍然不是最好的状态。

两个搭档先到一旁休息片刻,我抓紧时间再和队伍里的人们聊聊天,看看能不能找到下一个合适的采访对象。

这一次,我看准了一个穿格子衫、推着手推车的老爷爷,走上前去寒暄。一开始他似乎很难听清我讲话,把腰弯下来扶着眼镜仔细听。我说了些诸如"您来得挺早啊","比较关心哪些问题啊","住在疗养中心多久啊"之类的话,尴尬地随着他跟排队的人一起往前走，并不确定他愿不愿意继续跟我聊下去。没想到当我问到"您是一个人住在这里的吗"时，老爷爷打开了话匣子，说七年前他和妻子一起来到养老院，但是他妻子三年前过世了，"right before our 70th anniversary(在我们结婚七十周年纪念日的前一天)"。说到这里，他哽咽了。

旁边排队的人听到他讲这些，都投来同情的目光。我惊讶的同时也为他感到难过。

他接着说："人们到这里来是等待死亡的。虽然从外面看起来人们过得平安喜乐，但我们知道内在的生命其实在一点点流逝。"（大意）当时，我被他一番悲伤但又真诚的话打动了，轻拍着老爷爷的胳膊，边听边不时地点头。我不知道这个时候该说些什么话来安慰他，就索性只用眼神和倾听多少给老人家一点安慰。关于采访的事，当时也只字未提。

老爷爷进去投票，我继续在外面等待，加上没有找到其他很适合的采访对象，我当时就决定等老爷爷一出来，就正式邀请他接受我们的采访。大概半个小时过后，老人家投好票出来，又恢复了不错的精神，听说要采访便爽快地答应了我，一把将手中的手推车推开，气势昂扬地挺挺胸。我心想，真是可爱的老人！赞扬地跟他说："very courageous!"

我跟老人家解释我们需要在摄像机前跟观众讲话，会问几个非常简单的问题。搭档在紧张地对焦时，老爷爷打趣地说："她们在把焦点对准你哦，可不是在聚焦我！"我回答道，当然是在对准我们俩啦，并请他往前走一步，站到一个更合适的位置上，还顺带问下了他的名字：Bright。

也许是前面短暂但真诚的交流让我和Bright的先生相互配合得很顺利，Bright先生谈兴大发，仔细解释了支持共和党和希拉里的原因，笑说自己从"50年代起就再没投票给共和党过"；我也因为放松而表现得自然了很多。

采访时，Bright 说自己最关心的议题，放在第一位的是外交政策，这引来我的好奇，于是就即兴发挥补问了最后一个问题：为什么对外交政策最感兴趣。Bright 很有精气神地回答，因为"我们都住在同一个世界，必须学会如何相处和避免敌意"。一个看起来仍然充满活力的老人，自信地阐述着自己对于国家甚至国际大事的看法，多么美好的一幕！谁能想到半个小时之前，我们的谈话还是那么感伤呢？

我最后磕磕巴巴地说那几句收尾的话时，几乎像是望见了胜利的终点一般向前狂奔。结尾，cut，一次还不错的模拟连线采访就这样完成了。

采访结束后，我又找到 Bright 先生特别谢谢了他。旁边一位女士后来走过来单独跟我说："我想告诉你，你刚才在队伍里聊天时处理得非常得当且专业。"（原话是 I want to let you know that how graceful and professional you were when you dealing with that sorrowful situation）。她就是指，当我了解到 Bright 先生悲伤的故事时，没有急于采访，甚或将他的痛苦刻意展现出来，而是第一时间认真地倾听并且安慰他。第一次听到有人说自己做得很棒，很专业，而且是因为一个这么有人情味的故事，真的非常感动。

很多人都说，记者这个行业"职业伦理"和"职业要求"的冲突永远存在。但我感受到的是，只要一直坚守对人的尊重和关怀，知道每一个在镜头前讲话的受访者不仅是一个冷冰冰的信源，更是一个鲜活的人，哪怕是一个小细节上的关怀和共情，也一定会有人感受到你作为一个职业记者最大的善意，从而真的理解你做的事，给予你最好的鼓励。其实，那种真正巨大的伦理两难抉择，比如卡特的那张著名的"秃鹰和女孩"的照片为他带来的争议，并不是每一个记者在职业生涯中都会碰到的。但是我相信，并且也希望自己做到，对待未来采访中的每一个受访者，无论他（她）是谁，都要给予他们我最大限度的尊重和诚意。

团队成员札记

最好的毕业礼物：一个久违的秋天，一段中美的故事

栾春晓　大四　新闻

　　18天的美国报道团之旅在睡眠不足、马不停蹄中结束，对于即将毕业的我来说，在大学期间的最后一年有幸赶上了4年一度的美国大选，有机会参与上外全球重大事件多语种全媒体报道团的美国报道之旅，就像是提前获得了一份最后的毕业礼物——一个久违的秋天，一页中美的故事，一段我与上外的美好记忆。在上海读书的这几年，四季中就没有了秋天的存在，哪怕是之前去国外交换，抑或是在夏季的温哥华，或是去了没有秋冬的香港。此次的美国报道团之行，让我与阔别许久的秋天撞了个满怀，美国如画的秋景给我带来的美妙心情，为整个旅程奠定了温暖明亮的色调。在美国的短短18天里，我第一次和母校的同学老师一起在异国他乡实践新闻报道，在中英双语、图文视频等多种形式之间切换，让我们的每一分钟都忙碌而充实；我遇到了无数发自内心、不求回报主动帮助我的"异乡人"，不论是热情接受我的采访也好，还是与我款款讲起自己的故事也好，抑或是在我在美期间甚至回国之后都热切希望能为我提供各方面帮助的，让我深深感动，让我感觉到，真心换真心，这句话真的是放之四海而皆准；我走过了三个城市的大街小巷，街边的小摊路上的路标，独具匠心的博物馆与艺术馆等，种种细节至今依然能清晰地浮现在眼前……还有一个学期我将从上外毕业，在我毕业的前夕，这次报道之旅让我的整个思路更加清晰了起来，对自己之后的学业、工作甚至人生之路都多了一份笃定。感谢报道团项目让我的大学记忆在结尾的篇章多了一个鲜亮的音符。

美国之行：新闻消除壁垒

海 阳 大四 新闻

这次美国之行使我得以接触到第一线的大选情势，对美国的政治运作有了更深的了解。通过历览几座城市的风情，与各色各样的当地居民交流，我得以从美国人的角度去看待他们的政治文化，体验他们的价值观。这种交流对于我们新闻传播的学子而言大有裨益，尤其是对重视国际传播素养的上外学子而言。因为唯有当交流发生在环境差异悬殊的二人之间，那横亘其间的看不见的文化壁垒才会显露出来。仍记得到达美国第一天，我们一行人去采访一场亚裔美国人的助选会。一位越南裔的记者面对我们的镜头时居然直言我们生活在 communism regime 中；另一次，在大屠杀纪念馆里，一位慈祥的犹太老奶奶温和地对我国的西藏问题表达了"关切"；宾州州立大学的欢迎晚宴上，一位新闻专业的年轻女生没有听说过"Shanghai"这个城市……时至今日，我仍然颇为惊讶地看到即使是素养较高的美国人面对中国这个新兴大国，仍保持着一些落后的成见与本能的抵触。其原因中既有我们期待过高的成分，而更多地则应归咎于我国经济与政治地位崛起之余，依然"贫弱"的国际传播实力所构起的一道壁垒。这道壁垒恐怕不是政治与经济的，而是文化的、意识形态的。这一切使我重新思考新闻自由与社会责任的意义，也重新思考中国媒体在国际格局中的角色。

团队成员札记

记录现在，拥抱梦想

鲁一冰　大四　广播电视学

　　13个小时的时差，一万多公里的距离，20多小时的辗转。此次报道团之行从一开始就充满了挑战。在机场滞留的那一夜，身体的疲惫与内心的期待不停拉扯，跃跃欲试的我们终究还是按捺不住满腔热情，频频穿梭于书店、人群、长廊之间，以寻觅潜在的新闻素材，用我们的眼睛细细打量这个完全不同的国度。

　　来之前我们做了大量的准备和练习，可到了现场，感受完全不同。你永远不知道下一秒会发生什么。在华盛顿的那几天，我们一边游览一边学习，偶尔也会被突然放到一个陌生的环境中自由取材，挖掘新闻故事。有一天，恰逢一年一度的海军陆战队马拉松，为了给比赛让路，市中心的不少线路都被封锁，我们只能在林肯纪念堂附近寻找新闻线索。我绕着公园走了很久毫无收获，不经意间被路边停靠着的一辆救护车所吸引。难道发生了什么事故？为何会有这么多救护车停靠在此？带着种种疑问，我上前询问了医护人员，这才得知他们是此次马拉松比赛的工作人员。我随即找来搭档对其进行了简单的采访。在归队的途中，我们又偶遇了一名身着运动服、佩戴着奖牌的运动员，一位特地开车前来加油并亲自制作了助威标牌的支持者。他们都非常乐于分享自己的故事，为我们的报道提供了丰富的素材。

　　类似的故事在万圣节之夜再度上演。这次万圣节是奥巴马在任期间的最后一个万圣节，不少孩子都受邀来白宫领取糖果。许多家庭早早前来排队，将白宫围得水泄不通。由于不能进入到白宫内部，我们只能在外围进行采访活动，对里面的情况一无所知。这时我发现不远处有几个孩子手拿着糖果与大部队背道而行，追上前一问果然是刚刚领完糖果出来的孩子们。其中一名小姑娘从奥巴马夫妇手中领到了糖果，还和他们合了影，激动之情溢于言表。而有幸采访到她的我也格外兴奋，第一次感到自己离美国总统如此之近。很多时候新闻不会自己送上门来，需要我们仔细观察，勇敢探索。而写新闻的过程就像破案，一旦发现了线索，循着它不停抽丝剥茧深挖下去，就能得到想要的故事。这个过程是紧张又刺激的，这大约也就是新闻的魅力所在。

这次行程的高潮无疑是美国大选日了。身处关键摇摆州之一的宾州，我们亲历了这一次戏剧性的选举。大选之夜，各大电视台都忙于分析选情，预测今后美国的走势。宾大校园里的民主党支持者们围坐在一起等候结果，随着越来越多的州跳为红色，他们的欢呼声也越来越弱，最后整个大厅都笼罩在一片死一般的寂静中。那种身处现场的冲击感是极其强烈的，我似乎可以感受到他们内心的失望、沮丧，甚至悲痛。就在昨天，他们还热情高涨地忙于拉票动员，坚信自己一定胜利。先前美国各大媒体也都纷纷预测希拉里获胜，结果却出人意料是特朗普当选。今后美国会如何发展？两位候选人谁更适合当选？尽管众说纷纭，终究无从得知。但这一夜注定会成为历史性的一夜，而我们就是历史的见证者。

旅途进行到尾声，不舍之余我不由地开始思考这次行程带给了我什么。是一段机会难得的异国之旅？还是一次个人的历练与提升？临行前，我和两个搭档一起采访了一位因为皮肤大面积烧伤而失去工作的青年。听他讲述自己美好的梦想和困窘的生活，我深感现实和梦想之间巨大的落差。有那么多坚守在世界各地第一线的媒体人不辞辛劳兢兢业业，究竟为的是什么？也许他们不仅要做历史的见证者，更希望用他们的镜头、用他们的笔去记录现在，去迎接他们心中的梦想。

团队成员札记

新闻与思考及狗屎运

钱怡雯　研三　英语语言文学

报道团期间曾采访过一位不苟言笑的前任美国大使。神奇的是,访谈中印象最深的竟是这位大使的一句半冷笑话:"(我之所以走上如今的职业路)正是由于狗屎运(dumb luck)——人人都不该小看这个理由。"

把"dumb luck"译成狗屎运是我本人在整理采访录音时的一时兴起,但直到今日也并不觉得尴尬。事实上,我加入此次赴美报道团的经历也正是一场狗屎运的造化。研三时期、英语专业的我在毕业生求职季最如火如荼的11月逃离网申—电面—群面的前线战场,与一群充满干劲的学弟学妹们来到美利坚"搞新闻",这样的行为曾被室友评论为"逃避可耻且没用"。我也曾一度怀疑过自己的选择,可现在却有了不同的想法。

在加入报道团之前,我作为一个外行学生对"新闻理想"的认识可以说全部来自美剧《新闻编辑室》,对这个词的理解也和对这部剧的观感一致——虽然美好,但充满着说教式的鸡汤。但是,亲身体验了一系列取材与报道后我才发现,所谓新

闻比想象的更有实感。万圣节华府街头白宫门外的神魔长队、拉票集会上活跃着的亚裔身影、面对镜头滔滔不绝声称特朗普最佳的白人女士、差点卷入异国人质挟持事件的前任美国大使、看了拥枪广告后怒指政客煽动恐惧情绪的希拉里粉丝、大牌电视网晚间新闻节目的直播现场……所谓的理想在我心里不知不觉变得更为具象了——只是一种想要弄个明白的决心。比起责任,更多的是出自记者本人好奇心的调查行动。看着周围的同伴们对于每一个即将到来的活动和采访机会都充满期待,我的心也一不小心变得跃跃欲试。"想要弄个明白",或许就是一个新闻人的品质。

同样令我启发颇深的,是在采访中感受到的一种冷静和思考。曾经拿着一个非常具有煽动性的拥枪广告视频到大街上去采访居民,询问他们的感想。大家的回答却与我想象的不同。有人愤怒地指责这样的视频是一种对真相的片面隐藏,是在玩弄某一群体的恐惧情绪;有人坦白地说他确实拥护持枪的权利,但单凭这一点不足以让我支持某人;还有人冷静地说这类片面而煽情的广告以及某候选人本人,正是当今流行文化与大众传媒的缩影,理由为种种。我看到的,不是某个特定公民的观点,而是一种冷静的辨别精神。试看今日我们的社交媒体上,充斥着多少流动煽情的背景音乐、乍一看叫人热血沸腾或催人泪下的文字台词,玩弄着读者看客的情绪时已达到自己的营销目的。如果我们能在转发"男默女泪""不转不是中国人"之前理性地思考一下什么是真相、什么是自己的想法,一切或许会更明朗。

非常感谢本次曹老师、邓老师、顾老师、任老师以及各位负责老师与同学的安排,也庆幸自己参加了本次报道团活动。后话是,在临近秋招尾声时回来的我,最终也算是赶上了末班车,有了可选的工作 offer。巧的是,之后无数次的面试中,这段报道团的经历无数次成了我和企业负责人之间可以好好聊天的契机,从某种程度上反而成了我迟到的求职活动的一记助攻。在学生生涯简历栏的最后一笔能够加上这样一段经历,也是我的一种"dumb luck"吧。

赴美报道之行心得

覃锦华 研二 新闻

历经为期一年的选拔、培训和准备,终于踏平心心念念的美帝。这一段时间,时常反复观看我们的纪录片,体会其中的艰辛、成长与感动,唏嘘不已。回想一年前报名参加全球重大项目多语种全媒体报道团的自己,作为一名本科为语言类专业的新闻学研究生,并没有太多的媒体实战经验,因此便抱着学习的态度加入报道团中。经过不断地尝试和学习,自己也取得了长足的进步,有了一定的媒体实战经验。诚然,心若向往之,行必至之。

每天高强度的实战、大量的参观和深度的思想交流构成了我们此次报道团之行最主要的框架。我们虽是有备而来,但对于长期在国内关注大选消息而言,实地报道大选所面临的情况并不尽相同,需要我们从信息接收者到信息发布者的身份转换。从曹老师督促和鼓励我们上前采访到我们每抵达一个地点就开始主动寻找新闻点,我们开始学会带着一种豁出去的心态来克服自己最初的胆怯。写到这里,不由得会想到我们的第一个作品。在当天归程的大巴上,邓老师在统计大家的报题,曹老师听到我们的报题后便对我们这个作品的新闻价值提出疑问,引起了我们的反思。我和两位搭档也从一开始毫无头绪"赶新闻"到仔细观察"发现新闻"。

这一次历练也带来了一个"后遗症",在失眠的夜里我常常会不由自主地兴奋,因为每天匆忙的参观和采访行程占满了我们这次美国之行的白天,因此晚上也常常是我们的工作时间。仍记起自己曾有整整一周因自己的作品和同伴之间的相互帮忙而每天睡眠时间不足 5 个小时,一直自诩身体良好的自己都有些吃不消,但也逐渐适应高强度战斗。大家经过磨合后也慢慢地形成了一个团队,彼此之间分工有序,在一个又一个深夜里相互督促和相互陪伴。

实战之外,我们此行的参观行程也构成了另外一段宝贵的回忆。涉及美国历史、文化、政治的各类博物馆散落在我们走过的每一个城市,每一个场馆都在讲述某一项事业或是某一段历史的发展,令人不由得感叹美国文化软实力的强大。但苦于时间的限制,大多数博物馆我们都只能走马观花而不能细细品味。印象最为深刻的是对媒体的参观,看到国内外知名媒体在美国的运作和去探讨他们成功的经验令我们受益匪浅,看到中央电视台北美分台和 SMG 北美分社的成长,也看到了 FT 和 ABC 的媒介产品制作流程,大大开阔了自身的眼界。在中国大使馆和中国领馆的参观,也让身处异国他乡的我们感受到国家的强大和无可言表的幸福感。

虽然一路上风雨兼程，但实际上每到一处或是每一项工作必不可少的便是思想的交流和碰撞。从第一次与搭档商量着如何去抓新闻到一次次和国外学生或是媒体人交流，可以说此行的每一分每一秒我们都在进行思想上的碰撞。不同的观点在这短短的18天时间里不断地交汇，摩擦出火花，产生新的灵感。脑海中蹦出来的便是媒体封闭主义和关于VR的大讨论，大家的各抒己见、曹老师面红耳赤的批判，再到学生们的争论。这些是在任何课堂上都学不到的知识，也是一场全新的体验。在面对国外媒体的时候，我们更是不断地提出问题，希望能够通过交流解决自己的疑惑。也正是通过不断地交流，报道团整个团队也越发的成熟，成员之间也相互流动协作，虽然彼此争执但也相互学习。

这次赴美报道之旅也是我对于自己所追求的"新闻理想"的实践，整个行程中给我们带来最大收获的莫过于邓老师和顾老师，唯有他们每天深夜中的守候，给予我们每一处细微的建议，方能成就我们的一个个作品。

当然，这些作品并不完美，也就像我们走过的这次大选报道之旅，也更如我们正走过的青春。也正是这些不完美，使我们在不断学习中一路走来，也将指引着我们走向未来。